殘酷學校
MEGA MONSTER

大衛・威廉(David Walliams)著
東尼・羅斯(Tony Ross)繪
高子梅 譯

晨星出版

蘋果文庫143
大衛·威廉幽默成長小說16

殘酷學校

Megamonster

作者：大衛·威廉（David Walliams）
繪者：東尼·羅斯（Tony Ross）
譯者：高子梅

責任編輯：謝宜真 | 文字校對：呂昀慶、謝宜真、蔡雅莉
封面設計、美術編輯：鐘文君

創辦人：陳銘民 | 發行所：晨星出版有限公司
407 台中市工業區 30 路 1 號 | TEL：(04) 23595820 | FAX：(04) 23550581
Email：service@morningstar.com.tw
行政院新聞局局版台業字第 2500 號 | 法律顧問：陳思成律師

讀者服務專線：(02) 23672044 / (04) 23595819#212
讀者傳真專線：(02) 23635741 / (04) 23595493
讀者專用信箱：service@morningstar.com.tw
晨星網路書店：http://www.morningstar.com.tw
郵政劃撥：15060393（知己圖書股份有限公司）
印　　刷：上好印刷股份有限公司

初版日期：2022 年 10 月 15 日
ISBN：978-626-320-226-9
CIP：873.596 111011959
定價：新台幣 380 元

謹獻給我親愛的阿爾弗列德（Alfred）

謝謝你給了這本書的書名

我對你的愛永無止盡

爹地

VAL
BRATHWAITE
創意總監
ELORINE
GRANT
副藝術總監
MATTHEW
KELLY
設計師
SALLY
GRIFFIN
設計師
KATE
CLARKE
設計師
HANNAH
MARSHALL
設計師
GERALDINE
STROUD
我的公關總監
TANYA
HOUGHAM
音效編輯
David Walliams

謝辭
我要謝謝
ANN-JANINE MURTAGH
我的執行出版人
CHARLIE REDMAYNE
執行長
TONY ROSS
我的插畫師
PAUL STEVENS
我的文學經紀人
HARRIET WILSON
我的編輯
KATE BURNS
藝術編輯
SAMANTHA STEWART
版權經理

目錄

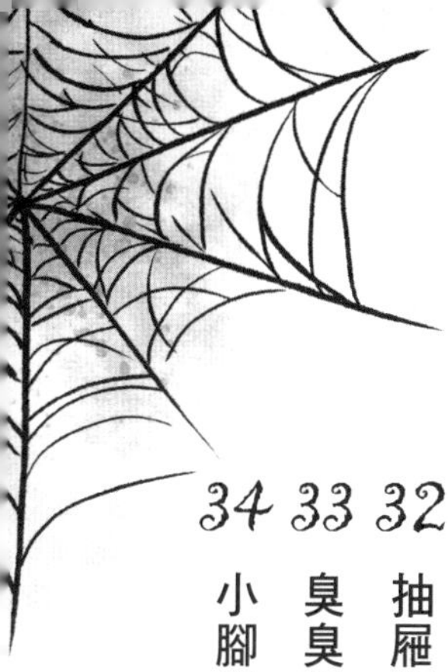
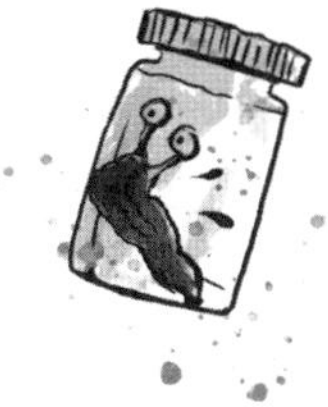
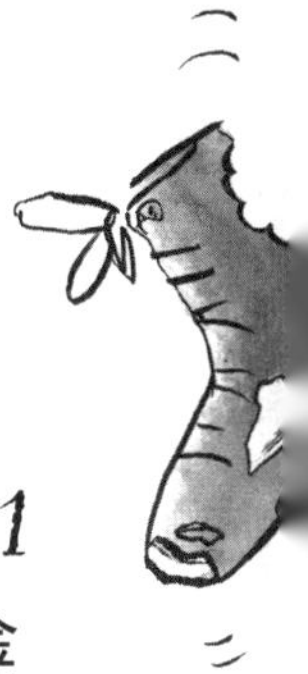

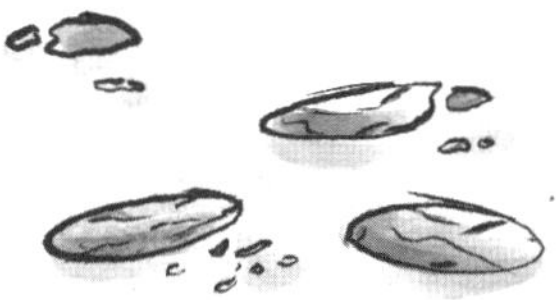
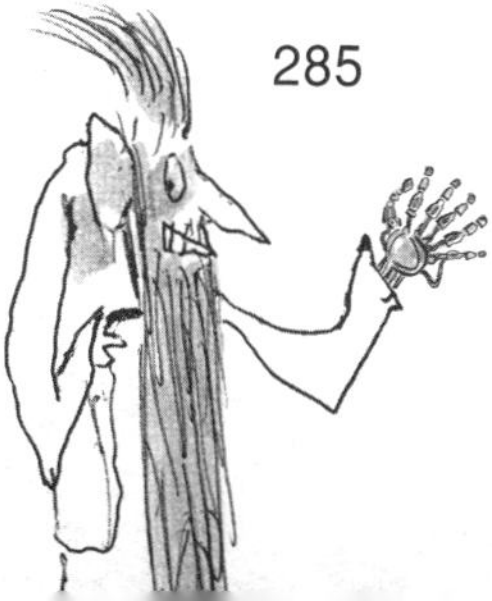
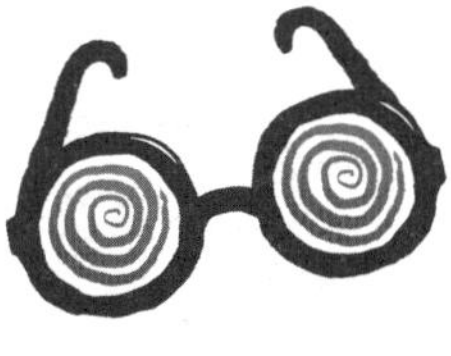

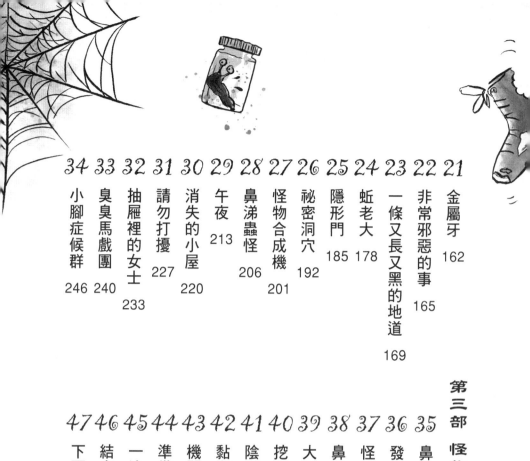

序言

有一座石造的古堡，隱身在時間的迷霧深處，離我們所知的世界非常遙遠。古堡顫顫巍巍地棲在一塊突起於海面之上的巨大黑色岩石頂端，四周怒濤洶湧。那塊岩石是座火山島。沒有人知道火山上次爆發是在什麼時候、何時又可能再度爆發。

這座古堡是一間學校的所在地。這可不是普通的學校，全世界最調皮的學生會被送到這裡，它叫殘酷學校。

能夠逃離這裡的機率約等於零。火山島離最近的陸地有好幾英里遠，而且海裡有大批鯊魚出沒——飢餓的鯊魚很喜歡狼吞虎嚥地大口吞下調皮的小孩。

殘酷學校裡有各式各樣的恐怖東西。這裡的老師很可怕，餐點很噁心，課程會害你做惡夢。

歡迎繼續讀下去，前提是你敢讀的話。

來見見故事裡的幾個角色：

小孩們

鬧鬧

　　這是我們故事的主角，她因為愛到處嬉鬧而贏得這個暱稱。她就是忍不住想開玩笑！鬧鬧喜歡講愚蠢的冷笑話，她最開心的事莫過於把大家逗得開懷大笑。

鄂愣子

殘酷學校裡的這個大塊頭男孩缺牙、斷鼻、菜花耳，外貌看上去很嚇人，但他說不定只是一個溫柔的大塊頭。

廖耙仔

他是學校裡個子最小的孩子，
叫臭蟲，也可能是最卑鄙的小孩。

布好惹

這個拳頭超大的女孩
脾氣也比任何人來得大。

傻妞

這女孩好像來自另一個星球，
因為她老是說些無敵蠢的事。

腥哥

　　腥哥樂於成為全校最臭的小孩……哪怕不是全世界最臭的也沒關係。不管他到哪裡，都有一坨發臭的棕色雲霧圍繞著他。

麥喇叭

　　麥喇叭這女孩老是有話要說，而且絕對會大聲說出來！

大人們

疑學博士

殘酷學校的這位自然科學老師長著一張鳥臉、非常神祕。她有一雙豆子眼和鷹勾鼻。她的披風在身後飄揚，好像翅膀一樣。小孩們都很怕疑學博士，任何學生只要被交給她留校察看，出來之後就再也不一樣了。

咕嚕

疑學博士的實驗室助理只會嘴裡咕嚕地說：「哦！」一個「哦」代表好，兩個「哦」代表不好。超過三個以上，就完全沒有人知道他到底在說什麼。就連他自己也不搞不清楚。咕嚕是個禿頭，但戴了一頂最奇特的假髮，那是一隻獨腿貓，就蹲坐在他的頭頂上，名字叫做魔神仔。

管閒事

這位長相嚇人的工友個子又高又壯，鬍子長到肚臍眼那裡，皮帶上掛了好多串叮叮噹噹的鑰匙。

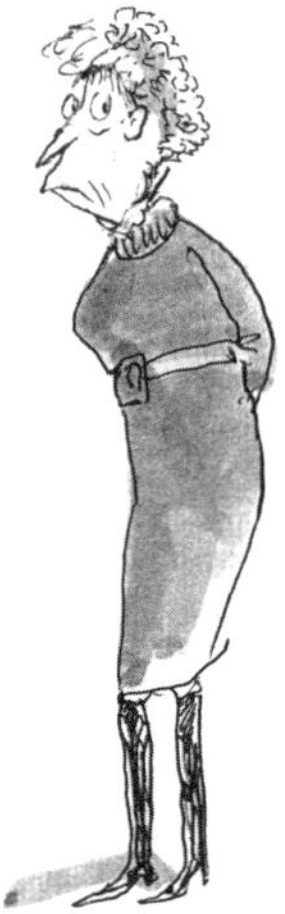

疑學教授

疑學教授是疑學博士的老媽。她擔任殘酷學校校長的時間已經久到沒有人記得，但奇怪的是已經好幾年都沒見到她的人影。有人認為這位教授幾年前就從學校裡神祕消失了。

難嗑廚娘

難嗑廚娘是你在最可怕的惡夢裡才會夢到的學校廚娘。她非常自豪能料理出小孩都不敢吞下肚的暗黑食物。

泡泡小姐

殘酷學校的圖書館員對餅乾的興趣絕對遠勝於書籍。

摳摳步老師

摳摳步是個很討人厭的老師，她任職於鬧鬧原來就讀的學校，對鬧鬧厭惡至極。

船伕

船伕是個戴著兜帽的神祕人物，負責把小孩從海邊載到殘酷學校所在的火山島。

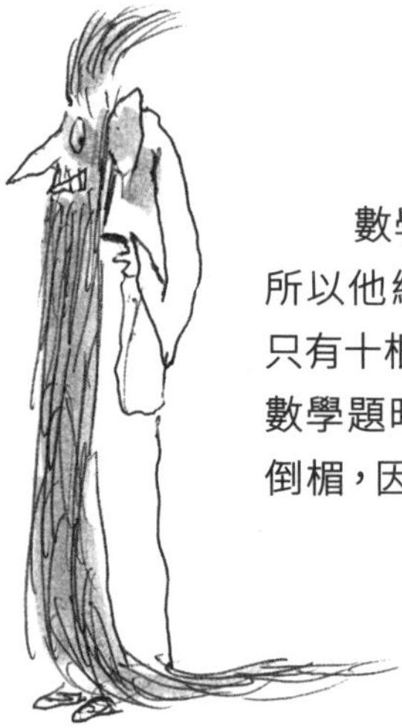

胡亂數老師

數學老師有一隻金屬手，上面有六根手指，所以他總共有十一根手指。但是他總以為自己只有十根。所以每次胡亂數老師靠數手指頭來解數學題時，總是會算錯。所以這群可憐的學生很倒楣，因為他們得到正確答案的機率等於是零。

黑漆漆先生

美術老師滿頭黑髮，留著黑色山羊鬍，全身黑，要求他的學生只能用黑色顏料來畫圖。

球球老師

體育老師舉行的運動比賽粗暴到學生最後都被送進保健室。

毛毛老師

留著鬍子的地理老師最喜歡把外面世界的各種危險帶進教室裡。

急婆老師

這位老師在課堂裡教她自己發明的語言，叫做嘎吧語，問題是嘎吧語完全是在胡說八道，根本不可能聽得懂。任何小孩接受嘎吧語測驗，都注定不及格。

最後才被介紹，
但絕對不能小看的就是……

蚯老大

這位邋遢的園丁暱稱「蚯老大」，因為他的口袋裡總是裝著蚯蚓。他大半時間都在小屋裡悠哉地工作，除了他自己的蚯蚓之外，從不跟別人說話，。他這一輩子都待在殘酷學校裡，在他當園丁之前，也曾是這個學校的學生。

動物們

魔神仔

魔神仔是有史以來最惡毒的貓，牠只有一隻眼睛和一條腿。但藏在那隻腳掌裡的爪子，卻是你這輩子見過最長、最尖、最致命的爪子。要牠使出利爪，牠可是沒在怕的。魔神仔就住在咕嚕光禿禿的頭上。

嘎嘎

嘎嘎是一隻鵜鶘，被鏈子栓在古堡最高的塔樓上。上課鐘幾年前壞了，牠就成為上課鐘的替代品。牠會在上課日的開始和結束時嘎嘎大叫。

蚯蚯

蚯蚯是一條有名字的蚯蚓，是蚯老大發揮想像力所取出來的名字。

現在終於要來介紹……

大巨怪！

這頭生物目前仍然是個謎……

第一部

深入黑暗

1 鬧鬧

很久很久以前，在離我們很遠很遠的一個地方，有一道很長很長的木棧橋一路延伸到海上。我們的故事就從一個寂靜的夜晚開始，寂靜到令人覺得有點詭異。當時唯一的光線只有月光，唯一的聲音只有海浪拍打木棧橋的聲響。

木棧橋上站著兩個遙望大海的人，他們的輪廓襯在月亮裡，其中一個人是矮的，另一個是高的。

矮的那個是個小孩。

這女孩因為年紀小，所以個子矮，但臉上**淘氣又燦爛的笑容**讓人很難不注意到她。她在那身破舊的校服外面罩了一件過時的粗呢大衣，兩隻靴子上都有破洞。

事實上，破洞多到應該反過來說破洞上有靴子才對。她是一個孤兒。

女孩的名字叫做鬧鬧。這不是她的本名，但是每個人都叫她鬧鬧，所以我也這樣叫她。鬧鬧之所以被人暱稱「鬧鬧」，是因為她總是到處嬉鬧，逗人開心。

「為什麼章魚會臉紅？」她問道，臉上同時漸漸泛起笑容。

「鬧鬧，不要再搬出愚蠢的冷笑話了。我希望妳已經學到教訓！」她旁邊的那個大人厲聲說道。她就是個子高的那一個，她是個老師，叫做摳摳步。摳摳步老師的眼睛夾了一片單片眼鏡，頭頂著看起來就像是用個布丁碗和一把剪刀創作出來的髮型。

「章魚會臉紅是因為牠的嘴巴就是屁股。」

「這不好笑！」摳摳步老師嗤之以鼻。

「妳會發現，任何笑話只要有屁股這兩個字，就一定很好笑！」

「我不准妳再講屁股這兩個字！」

「妳是說屁股嗎？」鬧鬧問道，一臉燦笑。

「沒錯，我是說屁股！」

「但是老師，妳剛剛自己就說了屁股這兩個字啊！」

「是沒錯，但我說屁股這兩個字是為了告訴妳，不要再說屁股這兩個字了。」

「妳剛又說了屁股兩次！」

「不要再說屁股了！」摳摳步老師說道，同時惱羞成怒地跺著腳。

碰！

木棧橋的腐朽木樑在被她跺得嘎吱作響。

嘎吱——！

為了穩住自己，摳摳步老師伸手用力按住女孩的肩膀。

噗咚！

「老師？」

「又怎麼了？」

「老師和甜點這兩個詞差在哪裡？」

「我不知道也不想知道！」

「差在小朋友喜歡的是甜點不是老師！」

「妳給我安靜一點！」

「可是我媽咪和爹地教過我，就算在最慘的時候也要開懷大笑。」

「不過他們不在這裡，不是嗎？所以別再說了！」

鬧鬧難過地低下頭去。她每天都很傷心，因為她的父母永遠地離開了。這也是為什麼她總是喜歡說冷笑話。她懂悲傷的感覺，所以不希望別人也感到悲傷。逗別人開心會讓她也跟著開心起來。」

就在這時，一艘很長的木製手划船穿過霧氣的簾幕駛來。

「啊哈！很準時哦！」摳摳步老師看著錶說道。

「每天晚上的午夜，殘酷學校的船就會來載走最近特別調皮的小孩。」

划船的是一個戴著兜帽的神祕人物。

鬧鬧倒抽一口氣。

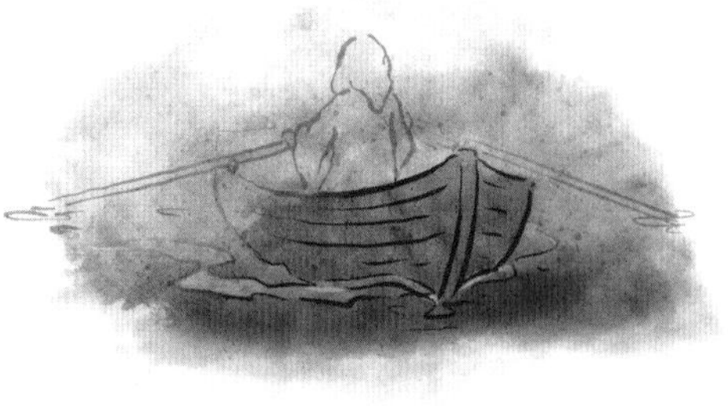

「很害怕吧？」摳摳步老師得意地說道。

「沒有！」鬧鬧撒謊道。「只是覺得超想打嗝的，」然後強迫自己打出一個小嗝。「嗝！好多了！」她補充道，同時捶捶自己的胸膛。「沒事，我其實很期待。我等不及了！殘酷學校！聽起來很好玩！但我只有一個小問題？」

「什麼問題？」

「呃……我要在那裡待多久？」

摳摳步老師笑得像鬼一樣難看。「妳這一輩子都要待在那裡。」

2

誰才能笑到最後

「不好意思，樞樞步老師，妳剛才說什麼？」鬧鬧慌張地說道。「妳說我會在那裡待上一輩子？可是我打算活很久欸！」

「調皮的小孩只有等到他們再也不調皮的時候，才能從殘酷學校回來。」這個缺德的老師回答道。「不過到現在都還沒有人成功過。」

「那我一定要逃走！」

「妳是不可能逃走的。」

「沒有什麼事是不可能的！」鬧鬧說道。

就在這時下，殘酷學校的船已經划到木棧橋的盡頭。船上那個戴著兜帽的人扔出一條繩索給樞樞步老師。老師伸手接住，綁在木棧橋上。然後這個神祕人物就伸出骨瘦如柴的細長手指，一把扣住鬧鬧的手腕。船伕的手指感覺異常冰涼。

鬧鬧的腦袋裡瞬間閃過幾個當場逃跑或甚至跳海游走的念頭。但此刻摳摳步老師的雙手緊緊按住她肩膀，將她押進船裡，令她徹底死心。

鬧鬧從來沒坐過船，船身才前後搖晃幾下，她就暈船了。再加上船伕的臉一直被蓋在兜帽裡，更加深她心裡的不安。對方伸出一根瘦如竹枝的指頭，示意女孩去坐在船首。

「再會了，鬧鬧！」摳摳步老師從木棧橋上冷笑道。

「這就是把**放屁坐墊**放在校長椅子上的調皮小孩會有的下場！」

「老師，我再說一次，那不是我做的！」

「我知道！」老師表情得意地回答。

「妳怎麼知道？」

「因為那個放屁坐墊是我的！」摳摳步老師輕笑說道，同時拿出那塊小小的紅色氣囊坐墊。

「摳摳步老師！」女孩放聲大喊。「妳為什麼要這樣？」

「我要妳和妳的那些**惡鬧玩笑**永遠滾出我們學校！」

「可是……」

「這一次，該我**笑到最後**了！」

話說完，摳摳步老師就動手擠壓坐墊，當場發出不雅的聲響。

噗噗噗……

「哈！哈！」摳摳步老師大笑。「明明是我放的，被罵的卻是妳！」

船伕示意解掉那條綁在木棧橋上的繩索。

「我來！」鬧鬧討好地說道，眼裡閃過一絲狡黠。她弄了一下繩索，然後大喊：「解開了！對了，摳摳步老師？」

「什麼事？」

「笑到最後的人向來都是我。」

船伕動手划船，準備離開，
但繩索仍被綁著沒有解開，
船身用力扯拉著木棧橋。

咿——呀——！

木棧橋當場斷裂。

啪！

橋面瞬間坍塌，掉進海裡。

嘩啦！

摳摳步老師也跌了下去，
掉進冰冷的海裡。

「啊！！！」她放聲大喊，拚了命地想爬回倒塌的木棧橋上。

「**哈！哈！**我就跟妳說吧！」鬧鬧大笑道。

船伕似乎對眼前的一切無動於衷，繼續划著船，深入墨黑的大海。

沒多久，陸地就消失在濃霧裡。

一股寒意爬上女孩的背脊。她要在殘酷學校待上一輩子嗎？她必須逃走才行。

鬧鬧從來沒學會游泳，但她準備要冒險一試。現在正是時候！

她離岸越遠，就得花越久時間游回岸上。

她的心狂跳。

撲通！撲通！撲通！

她猛地站起來，往海裡縱身一躍。

嘩啦！

「啊！」她撞進冰冷海水的那一瞬間，嚇得倒抽口氣。

驚慌失措的鬧鬧開始用狗爬式從小船邊游開，並祈禱自己是往木棧橋的方向游。

但是淹在水裡的她都還來不及掙扎，就注意到有某種東西正快速地**破水前進**，朝她而來。

鬧鬧認出了那個魚鰭。

她絕對不會認錯的。

是鯊魚！

3

繞著轉的鯊魚鰭

海裡的鬧鬧趕緊轉身，著急地想游回船上，

「救命啊！」她大喊。這有點可笑，因為剛剛是她自己跳進海裡的。

但是有另一條鯊魚出現在她和小船之間，然後又來一條！

再來一條！

海面的鯊魚鰭不停繞著女孩轉。現在的她隨時都可能成為鯊魚的食物！

「救——命——啊！」她感覺到另一頭龐然大物正從她腳邊游了過去，再度放聲大喊。

鬧鬧緊閉雙眼。

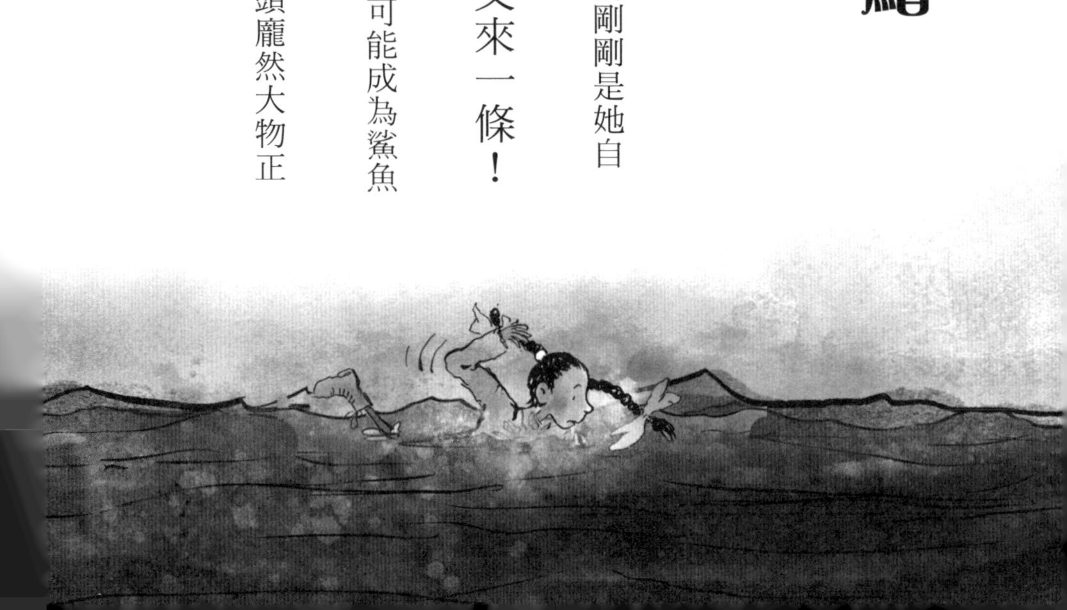

接下來，她感覺到有某個硬硬的東西捅了她的手臂。她不敢睜開眼睛！一定是鯊魚的鼻頭！牠又捅了一次。鬧鬧睜開了一隻眼睛偷瞄——原來是划槳！神祕的船夫正試圖救她。鬧鬧緊抓住划槳，從水裡被拖上去的那瞬間，鯊魚群張嘴朝她腳踝空咬。

喀吧！喀吧！喀吧！

唰！

她一攀住船緣，船伕就把她拉上船，而在那之前，鯊魚群裡頭體型最大而且看似最餓的那一隻已經用銳如剃刀的尖牙咬住她的粗呢大衣。

嚼！

最後鬧鬧渾身溼透地癱在船裡，而那件大衣已經消失在浪濤中。

「反正我也不喜歡那件大衣！」她玩笑說道。

不用說也知道，船伕沒有大笑，也沒有咯咯傻笑，甚至連用鼻子哼一聲都沒。

衣服又濕又冷的鬧鬧跌坐回長凳上。

船伕繼續划著船穿過濃霧，鯊魚群在水裡爭食外套。

「誰能想到原來鯊魚喜歡粗呢布料的味道？」

仍然沒有動靜。

「拜託！這個很好笑，好不好？船伕先生，你真的很難逗笑耶。我再給你講個笑話好了。鯊魚在吃完小丑魚之後會變怎樣？會變醜！你還是不笑？那再給你講一個好了。鯊魚吃了綠豆會變成什麼？會變成綠豆沙！要是讓鯊魚和乳牛交配，會生下什麼？我不知道，但我絕對不要去幫那個混種擠奶。

拜託，這些都是經典級的耶！」

船伕還是不答腔，繼續以規律的節奏划著船。

鬧鬧只好坐在船裡試圖欣賞海上一片霧茫茫的景色。

她豎耳傾聽。她確定她有聽到滴滴答答的運轉聲……

很像是鐘，但聲音大多了。

滴答！ **滴答！** **滴答！**

「你有聽到那聲音嗎？」她問道，但又搖搖頭，反正她怎麼樣都無法讓他開口。「算了，等我們到了露天遊樂場，再叫醒我吧！」

鬧鬧閉上眼睛，假裝睡著。突然間她感到一股可怕的寒意。一陣陰風揚起。她睜開眼睛，看到低垂的烏雲在海面上翻滾，接著閃電擊中海面，離船身僅一步之遙。

劈啪！

隨之而來的是雷聲隆隆。

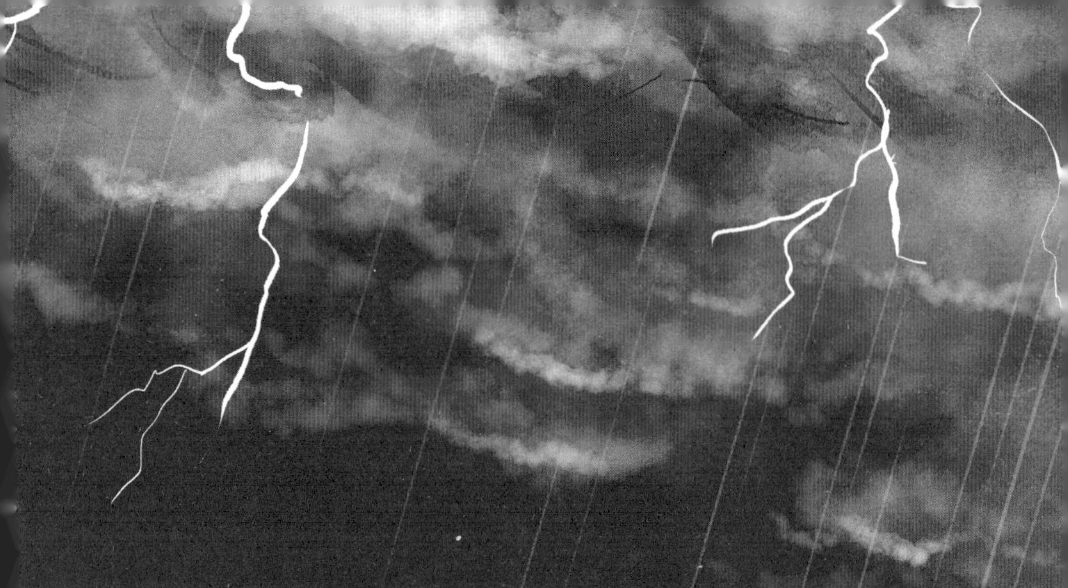

轟隆！

浪濤開始洶湧，把小船當成遊樂園裡的海盜船一樣大力搖晃。

鬧鬧死命抓住船身，沾滿污垢的指甲戳進船身木板。

船伕沒有中斷他的划船節奏。哪怕滂沱大雨朝他們傾洩而下，船裡開始淹水，他都還是照樣划著船。

終於，狂風暴雨中，目的地浮現——

殘酷學校。

4

殘酷學校

巨大的火山岩於海面上突起，一座古堡的輪廓矗立在上頭。古堡看起來很像是幾百年來隨意東添西補蓋起來的建築：它是塔樓與角樓的集合體，在風格上類似哥德式，看上去很像吸血鬼家族的大本營。但是殘酷學校其實是一種很特有的怪物的大本營，那就是……全世界最調皮的小孩。

但鬧鬧和他們不一樣，她分辨得出是非對錯。講冷笑話可不犯法。不過她即將發現自己要跟一群沒有最調皮、只有更調皮的小朋友一起生活。而這些小孩只能用「恐怖」兩字來形容！

船伕把船繫在礁岩上，鬧鬧掃視這座島，想知道通往上方古堡的階梯在哪裡。然而，這裡可沒有那種東西，只有一條全世界最長的繩梯從上面垂吊下來。

船伕示意鬧鬧爬上繩梯。大浪正拍打著礁岩，炸出浪花。

嘩啦！

「你要我爬，我就爬吧！」她說道，同時跳上繩梯，死命抓住。

咿歪——

老舊的繩索被她的重量壓得往下垂，那身濕透的衣服害她的體重比平常還要重兩倍。

喀吧！喀吧！喀吧！

她低頭望著海面，發現鯊魚群正在朝她的腳踝空咬。這是剛剛那群鯊魚還是另一群鯊魚？她根本沒時間問，只能繼續攀爬繩梯，一步一步地將自己撐上去。沒多久，鯊魚群就被她遠遠拋在腳下。

但是爬到一半，大禍臨頭了！

她溼答答的靴子在繩梯的其中一根橫桿上踩滑。

她滑了一跤！

「啊！」鬧鬧大叫，

整個人盪在半空中。

正當她費了好大力氣、好不容易抓牢最後一根橫桿，就有一條巨鯊猛然躍出水面，朝她撲來，張開**血盆大口**。

啊——姆！

儘管筋疲力竭，鯊魚打算拿自己飽餐一頓這點還是讓鬧鬧瞬間使出神力，她快手快腳地爬上繩梯，將它當成唯一的救命繩索——還真的是！

喀拉！喀拉！喀拉！

沒多久，她就爬上頂端。鬧鬧親吻冰冷潮溼的地面，慶幸自己沒被生吞活剝。不過當她抬眼時，眼前出現一雙鋼頭靴。

「歡迎來到殘酷學校，」一個聲音說道。「祝妳入住不快。」

5
管閒事

「**起來！**」有人吼道。

鬧鬧蹣跚爬了起來。起初她以為自己還跪著，因為她的高度只到這個人的腰部。但其實她已經站起來了……這人真的有那麼高。鬧鬧的臉正對著掛在對方腰間皮帶上那兩大串叮叮咚咚響的鑰匙。對方這時挺直腰板，腰間鑰匙跟著往前晃動，撞上鬧鬧的鼻子——

噹啷！

「哇！你們家一定有很多門！」鬧鬧問道。

高大的男子搖搖頭。「沒有啊！妳為什麼這樣說？」

「因為你有超多鑰匙的！」

「看來妳就是那個把放屁坐墊放在校長椅子上的學生吧！」

這人的塊頭大到可以去當馬戲團的大力士，看起來就像是把一個大櫥櫃強塞進一件工作服裡。除了嚇人的外表之外，他還留著髒兮兮的長鬍鬚，一路留到肚臍眼。陰森的古堡聳立在他後方，彷彿是這大塊頭的影子。

「那不是我做的！」鬧鬧反駁道。

「大家都是這麼說。」對方嘲弄道。

「是我的老師幹的！」

「說得跟真的一樣！我是工友，我叫管閒事。」

「我說個笑話給你聽。」

「我不想聽。」

「工友出門要帶什麼？要帶掃把！因為掃地出門啊！」

「不好笑！」

又來了！鬧鬧又聽到小船上聽到的那個奇怪滴答聲。

滴答！

滴答！

滴答！

「那是什麼？」她問道。

「什麼是什麼？」

「那個啊！」

「那個是什麼？」

「你聽！你聽不到滴答聲嗎？」

滴答！

滴答！

滴答！

現場一片靜默，然後管閒事才語氣篤定地說：「沒聽到！聽到不存在的聲音，恐怕是妳快要發瘋的第一個跡象。」

轟轟轟轟轟隆隆隆隆隆

這時腳底下傳來低沉的隆隆聲，他們所站的位置正在搖晃。

「這你總該有聽到了吧！」鬧鬧大聲喊道。

「哦，有啊！這可不是妳想像出來的那種聲音。」

「這是什麼？」

「火山。就在我們的腳底下。」

女孩低頭看。「誰會在火山上面蓋城堡啊？」

轟隆！

「應該是因為這種地方比較便宜吧。」

「就算這樣，也不應該蓋啊。」

「安啦，火山已經好幾百年沒爆發了。」

「也許它就要爆發了。」

「這座火山老太太現在沒事就會清一下喉嚨，沒什麼好擔心的。跟我走吧，我帶妳去妳的房間。」他冷哼了一聲說道。

管閒事帶著鬧鬧進入**陰森恐怖**的古堡，沿著潮濕陰暗、看似沒有盡頭的通道往前走，一路上只有零星的火把照明。現在早就過了午夜，其他小孩八成都已經睡著了，此起彼落的打呼聲沿著走廊迴盪。

「呼——呼——！」

噗——————。

「呼——呼——！」

噗——————。

「呼——呼——！」

噗——————。

這聽起來比較像是動物園會有的聲音，而不是學校，就連味道也是。

因為**臭爆了！**[1]

1 這是一個真實編造出來的詞語，可以在最棒又最厚的字典裡找到，那就是備受信賴的**威廉大辭典**。

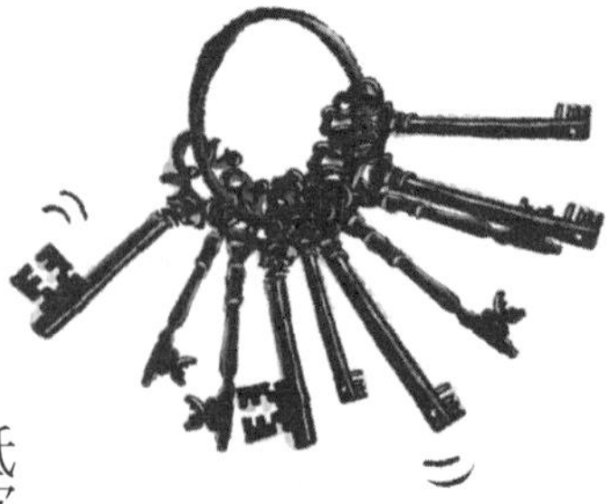

沒過多久，這兩人就來到一扇厚重的木門前。

工友叮叮咚咚地摸著他那兩串鑰匙，好不容易找到對的那一把。

叮啷！叮啷！

「我希望這房間能令妳滿意，公主殿下！」管閒事用一種低沉的聲音嘲弄道，同時打開沉甸甸的大門。

這是一間又冷又糟糕透頂的小房間，裡面有一張鋪著稻草墊的床，角落擺著一個生鏽的水桶。

「我很喜歡你為這房間所做的布置！」鬧鬧玩笑說道。

管閒事皺起眉頭。「這種無聊的笑話在這裡說對妳沒什麼好處。像妳這樣厚臉皮的人，最後都會淪落到被關起來留校察看。」

「**留校察看**！我有一次被**留校察看**是因為我發出**雞叫聲**！」

「妳在說什麼？」

「我那時候在用雞的語言講話啊！你懂嗎？」

咬！咬！咬！

「殘酷學校的留校察看可不是件好玩的事。被留校察看過的學生出來之後就變了個人。」

鬧鬧慌了起來。「這話什麼意思？」

「公主殿下，如果您再繼續問這樣的問題，您很快就會自己找到答案了。現在去好好睡個覺吧，好好讓臭蟲咬您吧。」

「一定要讓牠們咬？」

「反正牠們一定會咬妳的。」

只要瞄一眼床上的稻草墊，就能清楚看見墊子裡面到處都是會令人發毛和發癢的東西。

鬧鬧坐倒在床墊上，但立刻覺得全身發癢，甚至比癢還要更癢。更慘的是，她的肚子像冒泡的沼澤一樣咕嚕咕嚕地叫。

咕嚕嚕！

「又是火山的聲音！」管閒事說道。

「不是，是我的肚子在叫，我餓了！」

「聽起來是餓了！」他哼了一聲。

「有這麼好笑嗎？你想看我餓死嗎？」

「我想啊，可是我沒時間跟妳耗。黎明時會有早餐。」

「謝謝你。」

「不過很噁心！」

工友拖著步伐走了出去，沉甸甸的木門跟著關上。

「那我只好逃走囉。」鬧鬧大聲說道。

「那是不可能的。」

「沒有什麼事是不可能的。」

就這樣，管閒事消失在通道裡，身上鑰匙的聲音也一路**叮叮咚咚**消失在遠處。

叮啷！叮啷！

鬧鬧想要逃跑的決心更堅定了。這時一隻又大又髒的老鼠突然爬過她臉上，嚇得她巴不得現在就**逃走！**

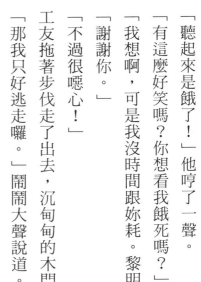

6

嘎嘎

鬧鬧才剛睡著就被震耳欲聾的叫聲吵醒。

「嘎嘎嘎！」

第二次更吵。

「嘎嘎嘎！」

第三次又更吵。

「嘎嘎嘎！」

鬧鬧從稻草墊上爬下來，把生鏽的錫製水桶倒著放，站上去，從小窗戶往外看。

太陽剛剛升起，古堡陰溼的黑色岩石在柔和的晨光裡閃閃發亮。懸崖邊緣有一座破舊的小屋，她隱約看到裡頭有個人正回瞪著她。

但她一注意到對方，對方就從視線裡消失了。

剛剛那個嘎嘎叫聲是一隻嘴巴很大的海鳥在叫。牠被殘忍地栓在其中一座塔樓的頂部，不讓牠飛走。牠是隻鵜鶘。有人正戳著牠，強迫牠發出那種叫聲。鬧鬧探出窗外的目光朝塔樓屋頂下方搜索，結果看到了管閒事工友正拿拖把的尾端在戳牠。

戳！「嘎嘎嘎！」

戳！「嘎嘎嘎！」

戳！「嘎嘎嘎！」

顯然在殘酷學校的做事方法很不一樣。你以為自己可能會被公雞叫聲、鐘鳴聲、或銅鑼聲叫醒，但都不是。這裡可不是。

殘酷是這裡的日常，哪怕對一隻可憐的鵜鶘來說也是如此。目睹到這一切很可怕的。鬧鬧顯然不是唯一一個想要逃離這個恐怖地方的靈魂。

過了一會兒，她的門被打開了。

咿呀——

「起床了！起床了！」管閒事喊道。

「昨晚這裡有隻老鼠。」

「只有一隻？」

「沒錯。老鼠會表演什麼？鼠（數）來寶！」

「好吧，如果妳那麼喜歡老鼠，那麼妳一定會喜歡早餐。食堂在那個方向！」。

鬧鬧循著管閒事指的方向走，最後闖進一群在通道裡踱步、看起來骯髒邋遢、爭先恐後、互相推擠的小孩裡頭。

「我討厭你！」

「你好臭！」

「我要臭死你！」

殘酷學校的每個小孩都只想到自己。

大人總是殘酷地對待他們——所以他們也都不假思索地這樣對待別人。

鬧鬧始終低著頭。作為一個新來的，她最不想要的事情就是引起不必要的注意。

「有誰的腿欠踹？」

「你敢踹我，我就踹你屁股！」

「有人放屁！」

「是腥哥啦！」

要是鬧鬧覺得這群小孩很臭，那麼她恐怕還沒聞到她之後進食堂時得迎接的味道。

那就像是

撞進垃圾場裡！

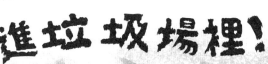

女孩站在原地無法動彈，不敢向前。再往前踏出一步——她可能會嗆到，會昏倒，甚至嘔吐。也有可能三者同時。

可是她後方擠著一群粗野的男孩和可怕的女孩，全都吵著要吃飯。結果鬧鬧發現自己就這樣被推擠進食堂裡。

「不要擋路！」

「蠢女孩！」

「把她推開！給她一點顏色瞧瞧！」

一進到食堂，鬧鬧立刻掐住自己的鼻子，那味道就像死人一樣可怕。

但跟**即將送上來的食物**的味道比起來……

這**臭味**其實還不算什麼……

7

燉蟑螂

鬧鬧在殘酷學校

第一天的早餐菜單是用粉筆

寫在食堂上的一塊板子上。

一開始先送上……

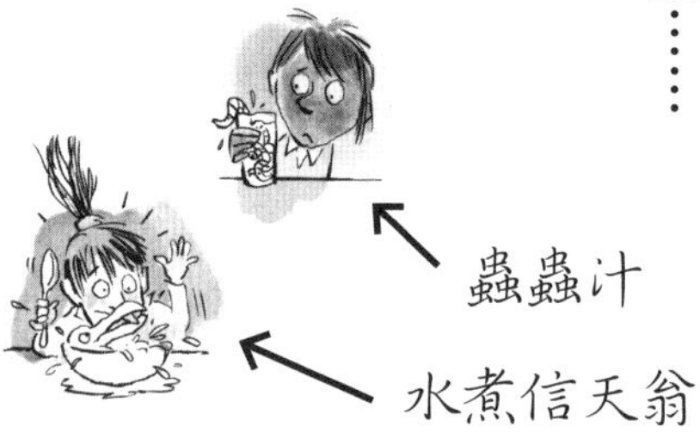

接著有各種菜色任君挑選……

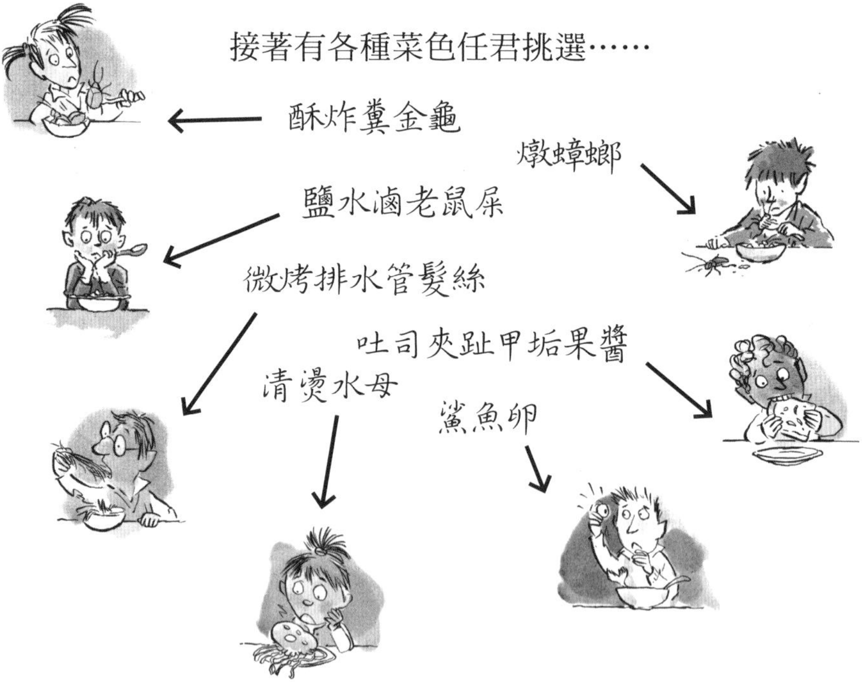

再不然就來個有真正冒險精神的：

烏龜鼻涕粥！

所有食物都可以搭配一杯熱騰騰的海鷗大便茶

來囫圇吞下！

嗝嘔！嗝嘔！嗝嘔！

最後再上一盤岩皮餅。

真的是用石頭做的哦。

鬧鬧掃視恐怖的取餐臺。就算她再怎麼餓，都沒辦法吞下任何一口食物，哪怕一丁點也不行。小孩們吵吵嚷嚷、渾身發臭、舉止粗魯地從她旁邊推擠而過，忙著裝碗裡的食物，她露出痛苦的表情。

「要什麼？」櫃台後面有個年紀很大、長相乾癟的女廚娘大聲吼道。她的牙齒全掉光了，只剩下一顆。而唯一的那顆牙使她看起來很像**食人怪**。她的聲音聽起來也像。原本白色的工作服沾滿油汙，看上去就像是聖經裡約瑟穿的彩色大衣——如果深淺不一的咖啡色也稱得上彩色的話。廚娘的名字就繡在工作服上，但油污太多，只能勉強看得出來。她叫難嗑，真是人如其名。

「呃……這看起來全都很好吃。難嗑……太太。」鬧鬧開口道，但聲音聽起來很怪，因為她是掐著鼻子說話。

「叫我難嗑就好了！」

「難嗑，這味道……呃……真是催人熱淚。我跟妳講個笑話哦！」

「我討厭笑話。」

「乳牛早餐喜歡吃什麼？哞斯漢堡。」

「聽不懂。」

「老鼠早餐吃什麼？**鼠來堡**。雪人早餐吃什麼？**雪魚堡**。說到這裡，我想順便問一下，不知道妳有沒有玉米脆片？」

鬧鬧還特地擠出誠懇的笑容。搞不好……搞不好這一招對這個食人怪有效？

想得美。

「玉米脆片？」難嗑廚娘重覆她的話，然後又更大聲地重覆一次。「玉米脆片？」

這時，原本坐在長桌上舀東西吃的髒小孩們全都抬起頭來，豎耳傾聽。

「玉米脆片？」難嗑廚娘大聲吼道。

「是啊，」鬧鬧回答。「玉米脆片，就是……呃……玉米做的脆片！」

「這位裝～模～作～樣小姐想要玉米脆片！**哈！哈！哈！**」

玉米脆片根本不是那種愛裝模作樣的時髦人士會想吃的早餐，但是其他小孩竟然也都哄堂大笑。

「哈！**哈！哈！**」

鬧鬧看到大家都在笑她，巴不得立刻消失。她很喜歡大家跟著她大笑——那感覺**超級無敵好**。但是被大家笑，這感覺就很糟了。那個當下，她超想跳進那一大缸海鷗大便茶裡，讓自己徹底消失。還好她改變了主意。

「我們**殘酷學校**這裡沒有玉米脆片這種珍貴的美食！」難嗑廚娘大聲說道。「別忘了，妳之所以來這兒是因為妳就和這些比壞蛋還要壞的小壞蛋一樣。而這裡的食物也是**處罰**的一部分！」

說完，廚娘就往女孩傾身向前。鬧鬧又聽見了她在船上還有跟管閒事在一起時曾聽到的那種奇怪**滴答**聲。

「那是什麼聲音？」她問道。

「我啥都沒聽到。」

「我**絕對有**聽到那個聲音。」

難嗑廚娘突然露出**不懷好意**的表情，正打算用自己的肚子使出最暗黑的招數。

她在鬧鬧面前打出一個震耳欲聾的嗝。「**嗝！**」

那臭味臭到足以令鬧鬧當場暈倒。

「那妳有聽到這個嗎？」難嗑廚娘問道。

「有，很大聲，我聽得很清楚！」

「那就好！殘酷學校一天只供一餐，也就是現在這一餐，拿了妳那一份就快滾吧！」

難嗑廚娘把一大勺黏乎乎的東西用力甩進鬧鬧的髒碗裡。

噗啦！

結果噴到女孩，害她全身上下都沾到烏龜鼻涕。

「哇！」難嗑廚娘得意地笑，露出唯一的一顆牙齒。

不用說也知道，這也引發小孩們又一陣嘲笑。

「**哈！哈！哈！**」

鬧鬧嘆口氣。這還只是她在殘酷學校的第一天早上，這開頭就已經**慘烈到不行了**。

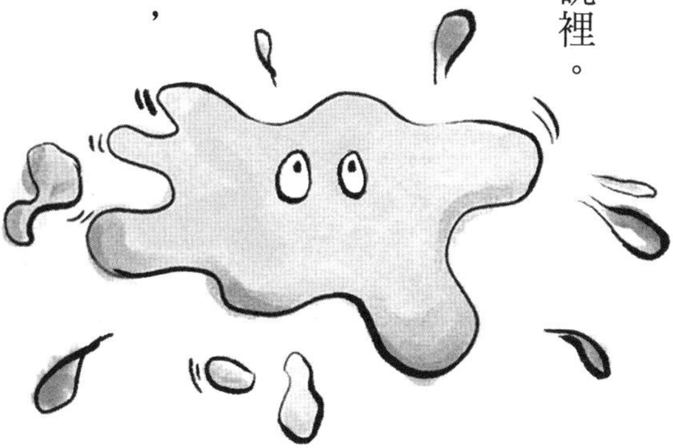

8 不堪入耳的罪

鬧鬧就像默劇裡的喜劇演員那樣默默擦掉眼睛上的烏龜鼻涕。

啪啦！

噗！

「那個嗝還不算什麼！」一個看起來渾身惡臭的男孩大聲喊道。「等妳見識到這個就知道了！」

然後就聽到一個超大的響屁，你這輩子從沒聽過的超大響屁。

劈哩啪啦噗！

所有小孩都放聲爆笑……

「**哈！哈！哈！**」

……鬧鬧頓時被一坨深褐色烏雲籠罩。

「真可惜奧林匹克沒有放屁比賽，」她說道，同時嗅了嗅空氣。「不然你一定能得到金牌。」

「妳是做賊的喊抓賊吧！」那個發臭的男孩大聲說道。

「你才是強盜捉小偷！」女孩反嗆道。

「不要跟他鬥！」有一個手掌跟巨人腳掌一樣大的女孩這樣大聲喊道。

「腥哥很強的！」

但決鬥已經開始。

「妳是小耗子罵大街！」腥哥回擊。

「你才是得了便宜還賣乖！」鬧鬧說道，有點樂在其中。

腥哥想了一下，瞇起眼睛。「妳是潑婦罵街！」

「他打敗妳了！」巨掌女孩喊道。

鬧鬧想了想。「你才是潑猴打滾！」

「這句以前沒聽過！」巨掌女孩喊道。

「妳是猴頭猴腦！」腥哥說道。

從他臉上沾沾自喜的表情來看，八成認定對方沒招了。

鬧鬧緊閉雙眼，在腦袋裡的成語字典搜索。「你是山上無老虎，猴子稱大王！」

腥哥想了一下，最後搖搖頭。

「妳打敗腥哥了！」女孩說道。

其他小孩發出低低的歡呼聲。

簡直就像是乳牛在哞哞叫。

「哞姆！」

「好了，我現在只需要找個地方坐下來。」鬧鬧說道。

長桌盡頭有個大塊頭男孩獨自坐在那兒。他缺牙、斷鼻，還有一隻菜花耳。看來他肯定跟別人打過架，更有可能的是，全都被他給擺平了。所以鬧鬧覺得還是離他遠點比較好。

其他小孩全都**虎視眈眈**地瞪著新來的女孩，盡可能讓她覺得不受歡迎。

「妳別想坐我旁邊！」腥哥說道。

「諒妳也不敢坐我旁邊！」那個擁有一雙巨掌的女孩也說道，同時用力拍打桌面。

砰！

「妳要是敢坐這裡，就會惹上大麻煩！」第三個小孩喊道。她顯然是學校裡最吵的女孩，因為她的音量比其他人大十倍。

「妳絕對不能坐這裡，因為這裡其實沒有位子可以坐了。」另一個女孩說道。

「傻妞！」巨掌女孩大聲喊道，對傻妞的愚蠢氣到只能拍自己的前額出氣。

啪！

「妳真是……有夠笨！」

此刻的鬧鬧比以往任何時候都更需要急中生智。

「如果你們的屁股沒那麼大的話，其實有很多空間可以讓我坐下來！」

「才不要！」整個食堂吼聲四起。早餐開始飛在空中。鬧鬧引發了食物大戰！

「住手！」難嗑廚娘大吼道，蟲蟲汁當場噴到她腳下。

這時候，鬧鬧瞄到了一個看似是學校裡個子最小的小孩。他不像其他人那麼髒，反而頭髮整齊地中分，還戴著一副厚眼鏡，看上去沒什麼惡意，於是鬧鬧在他對面坐了下來。

咻！

燉蟑螂、鯊魚卵、和清燙水母全都飛在空中。

呼咻！

「哈囉，我叫鬧鬧！」她愉快地說道。「你喜歡吃吐司上抹的趾甲垢嗎？」

「噁心死了，」男孩回答。「不過沒妳噁心！」

說完，他就直接把吐司丟到鬧鬧臉上。

啪！

「廖耙仔，你應該丟得更用力一點！」那個聲音最吵的女孩喊道。

「麥喇叭，閉上妳的嘴！」對方回嗆。

所有小孩看見新來的女孩臉上都是趾甲垢果醬，再次哄堂大笑。

「哈！哈！哈！」

鬧鬧現在明白哪怕是學校裡個子最小的小孩，也是超級可怕的調皮鬼！

所有被送來殘酷學校的小孩都是因為犯了最不堪入耳的罪。

廖耙仔在演講日當天把放屁粉末放進他校長的咖啡裡。

噗噗噗……

名叫布好惹的巨掌女孩開著一臺偷來的壓路機把她就讀的學校碾成平地。

傻妞把活的食人魚丟進教師廁所的馬桶裡。

喀吧!喀吧!

喀吧!喀吧!喀吧!

「啊!」

某次無聊到家的中世紀古堡遠足,名叫鄂愣子的大塊頭男孩把他的歷史老師當砲彈射到鄰國去了。

咻—砰!

腥哥偷走學校招牌上的校名「天便學校」最上面那一橫,結果變成了「大便學校」。

「嘻嘻嘻！」

麥喇叭趁年紀很大的地理老師在課堂上打瞌睡時，在他耳朵邊吹號角。

把咘！

食物大戰結束。算是暫時結束啦。再也沒有東西可丟了，可是大家還是對著鬧鬧大聲嘲笑。

「哈！哈！哈！」

「看她那張蠢臉！」

「活該！」

她掃視食堂，發現只有一個人沒有笑。就是坐在長桌盡頭的那個大塊頭男生。他從頭到尾都不管事，自顧自地吃他的東西，無視周遭的混亂。就算他頭上被丟了一隻水母，他還是舀起鯊魚蛋，塞進嘴裡。

咕嚕！

於是鬧鬧抓住機會，把位子移到他那裡，坐在他對面。

「我的嘴巴好像完全不見了。」她開玩笑地指著黏在她臉上的趾甲垢果醬。

男孩沒有反應。

鬧鬧嘆了口氣，拿起湯匙翻攪碗裡的烏龜鼻涕。

咕啾！

那坨麵糊帶著螢光綠，看起來就像是從另一個太陽系飛來的黏液一樣。

她聞了一下。

嘔！噁！哧！

儘管她餓到不行，但她絕對沒辦法把這東西吞下去。鬧鬧沮喪地將湯匙摔回桌上。

框啷！

這聲響引起男孩注意，於是抬起眼來。

「我可以吃妳那一份嗎？」他很有禮貌地問道，同時不忘把食物塞進嘴裡。

咕嚕！

他瘋了嗎？鬧鬧心想。

「別客氣！」她回答。她其實巴不得趕快把這碗噁心的麵糊送給別人吃。

「妳確定？明天以前我們都沒有東西吃哦。」

「我確定。」

「謝了！」男孩回答，同時開始進攻她的碗。

9

鄂愣子

他們坐在殘酷學校的食堂裡，鬧鬧一臉驚訝地看著鄂愣子秒殺那碗鼻涕。

「好吃！」他大聲說道。

「好吃？」鬧鬧重覆道，一臉不可置信。

「過一陣子，妳就會習慣烏龜鼻涕的味道了。」

「我想我恐怕一輩子都沒辦法習慣。」

「它可以把鯊魚蛋的味道洗掉。」

「我相信你說的。嘿，我跟你講個笑話。我以前那個學校有個老師外號叫烏龜先生，因為他龜毛。」

男孩默不吭聲。

「你沒聽懂嗎？」鬧鬧問道。

「不懂。」

「無所謂。你在這裡待多久了？」

「不知道。好幾年了吧。我已經不記得以前外面的生活了。」

「你家人一定很想你。」

「不知道。」

「你為什麼每個問題都回答『不知道』？」

男孩看起來若有所思了一會兒，然後回答：「不知道。」

「不要告訴我你的名字叫『不知道』哦！」她開玩笑道。

「不是。我叫鄂愣子。」

「鄂愣子，你為什麼叫鄂愣子？」

「不知道。」

「早料到你會這樣回答。」她答道。

「就每個人都這樣叫我啊。」

鬧鬧挨身過去偷偷跟男孩說話。

「所以你打算在這裡待一輩子嗎？」

「不知道。」

「假如我打算離開這裡，你要不要加入我？」

「不知道。」

「什麼叫『不知道』？」

「不知道我還能去哪裡。像我這樣的小孩到哪裡都格格不入。」

這時候，又出現了震耳欲聾的嘎叫聲。

「嘎嘎嘎！」

又是那隻鵜鶘！

所有小孩馬上從餐桌旁站起來。

「怎麼了？」鬧鬧問道。「不要說『不知道』哦。」

「這聲音代表我們該去上今天第一堂的酷刑了，我意思是第一堂課啦。」

鄂愣子站起來，同時拿起自己的盤子。鬧鬧只能跟著他。但因為這是她第一天到校，還不知道這裡的校規，結果把空碗放錯地方。她把它放在一疊盤子的最上面。

如果這世上有一件事可以令難嗑廚娘爆怒，那就是把碗放在一疊盤子上，或者把盤子放在一疊碗上。

「碗不是放在那裡！」老廚娘大吼。

「對不起。」鬧鬧回答。

「妳竟然敢給我製造麻煩！」

「呃……我……」

可是鬧鬧還來不及說什麼，就發現有個碗從她頭上飛了過去……

呼咻～。

……然後砸在後面的牆上。

喀碎！

「像妳這樣自私又骯髒的小鬼，一定要給點顏色瞧瞧才行！」

難嗑廚娘怒聲吼叫。

她拿起一疊盤子，一個接一個地朝鬧鬧的方向砸。

呼咻～。

呼～咻～呼～咻～

磕碰！空隆！框啷！

鄂愣子抓住鬧鬧的手臂。

「小妞，我會讓你**留**校察看的！到時你就知道厲害了！」

「你不會想被**留**校察看的，相信我！」鄂愣子對鬧鬧嘶聲說道。

「我們得在難嗑大發脾氣之前趕快跑！」

「這還不算大發脾氣？」鬧鬧不敢相信地大聲說道，這時更多盤子在她四周炸裂！

呼咻！呼咻！

呼——咻——

呼——咻——呼——咻——

呼咻！

磕碰！空隆！框啷！

乒哩！乓啷！

「這個學校太瘋狂了！」鬧鬧說道。

「哦，這還不算什麼呢！等一下上第一堂課，妳就知道了。跟我來！」

他抓著女孩的手，帶她離開食堂，一堆盤子瞬間砸在門上。

磕碰！空隆！框啷！

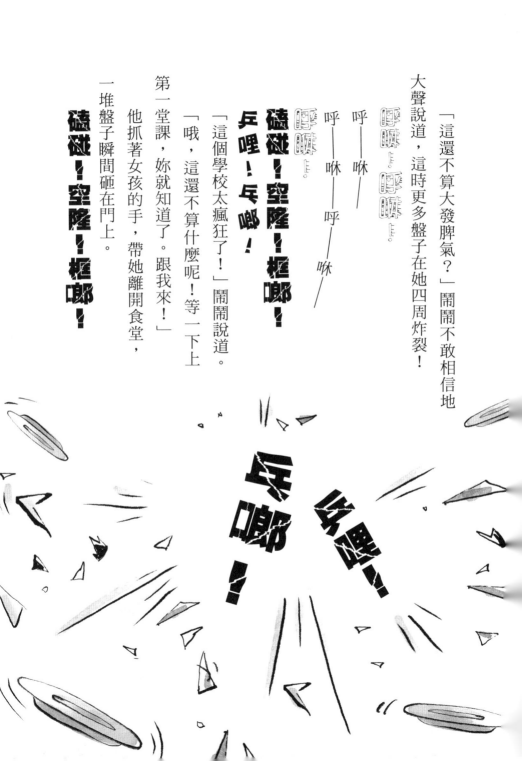

10 胡亂數老師

就算在最理想的情況下，數學也不是個簡單的科目，更何況如果你的老師不會算數，那就更慘了。

容我解釋一下。

殘酷學校的數學老師叫做胡亂數。胡亂數穿著粗花呢三件式西裝，打著蝴蝶領結，他有一頭像觸過電一樣、沖天炮式的灰髮，和直接拖到地上、長得亂七八糟的長鬍鬚。

但最令人一眼難忘的是他有一隻金屬手，上面有六根手指。這表示這位老師總共有十一根手指⋯但是胡亂數總以為他只有十根。

所以每次他為了解題而數手指頭時，總是會算錯答案。

說到數學，鬧鬧是個高手。她是那種只要對一袋彈珠瞄一眼，或者只要

看一眼火柴盒或一疊硬幣，就可以立刻告訴你數量是多少的小孩。所以當胡亂數老師在陰冷的石造教室的黑板上用粉筆一邊寫一邊說：「一萬七千四百五十六減掉十一。你們只有十秒鐘可以回答這一題。十……」根本沒料到自己都還沒倒數到九，新來的女孩就把手舉了起來。

「老師，我算出來了！」她大聲說道。

教室裡的所有小孩都不敢相信地看著她。

「妳說什麼？」老師慌張地說。

「老師，我算出來了。」

胡亂數老師嘆了口氣。「我在**殘酷學校**教了五十年的數學，從來沒有學生解出我給的任何一道數學題。」

「可是我算出來啦。」鬧鬧自豪地說道。

桌子後面的鄂愣子咳了兩聲，想吸引她注意。

「咳！咳！」

可是她沒留意。

「答案是……等我揭曉哦……」她賣起關子。

「快說出來啊！」胡亂數老師吼道，

同時朝她的頭丟出一截粉筆。

咻！

幸好她及時低頭躲開。

粉筆正中鄂愣子的下巴……

乓！

……當場炸成粉末。

呼啡！。

「請先來點鼓聲吧！」鬧鬧大聲說道。

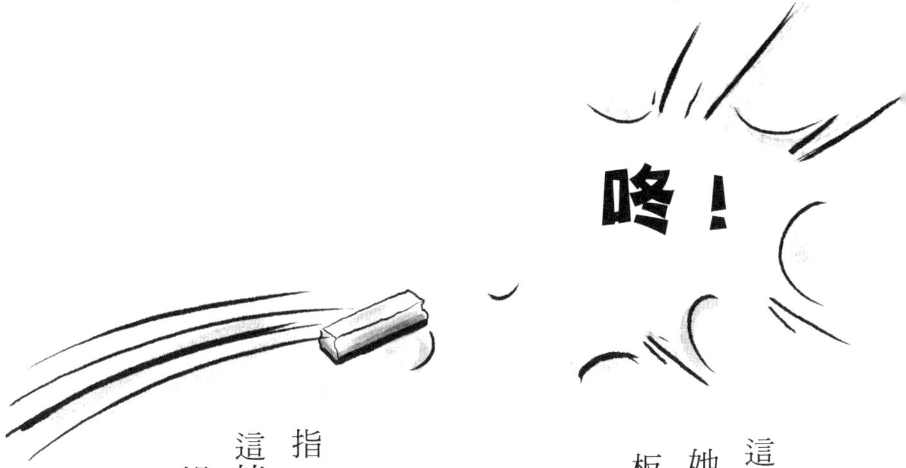

這一次，胡亂數老師朝她丟出板擦。她再一次低頭躲過，鄂愣子也再一次被打中。板擦從他前額反彈出去，大塊頭男孩甚至連眼睛眨都沒眨。

「一萬七千四百四十五！」她說道，同時手臂抱胸，看起來非常得意。

「看來妳很有自信！」胡亂數老師咯咯笑。「我們來看到底對不對？」

然後胡亂數老師打開他的手，開始數算手指。「十根手指，這不難！」教室裡所有學生都在嘆氣。這情況他們已經碰過一千次了，或者根據胡亂數老師的說法，一千零一次。

這位有十一根手指的老師開始用他的手指從一萬七千四百五十六開始往下減，

不用說也知道，他數出來的答案是「一萬七千四百四十四」！

胡亂數老師走到新來的女孩面前，在她桌子前面彎下腰，與她面對面。

「真可惜，自以為聰明的小姐！妳錯錯錯！算錯了！」

滴答！

滴答！

滴答！

那聲音又出現了。

「我聽到一個奇怪的聲音。」她小聲說道。

胡亂數老師隨即大步走回教室前面。他從桌上拾起一本厚重的數學教科書，然後用盡全身力氣，把它朝鬧鬨的方向砸了過去。

她再低頭躲開，這次砰地一聲砸中鄂愣子的鼻子。

砰！

呼嘩！

「沒關係，鄂愣子。」胡亂數老師說道。「反正你的鼻子早就斷了。」

「是的，老師，謝謝你，老師。」男孩回答。

「聽著，老師，我的答案是對的！」鬧鬧抗議道。

教室立刻安靜下來。以前從來沒有人敢質疑過胡亂數。

感覺就像是有什麼大事要發生！

像是一場**革命**…

就要開始了嗎？

11 大「綽」特「綽」！

在這之前，數學課很少有學生在聽老師講課。

布好惹忙著用鉛筆挖她耳朵裡的耳屎。

噗滋～！

麥喇叭則忙著刮頭皮屑，製造白色暴風雪。

唰……。

傻妞一直趴在桌上，浸在一大灘口水裡。

呼呼呼！

腥哥不斷往他手心裡放臭屁，再拿給隔壁的同學聞。

噗噗噗……。

廖耙仔一直擤其中一個鼻孔，企圖製造出最大的鼻涕泡泡。

咕嚕！

直到鬧鬧向老師下了戰帖，他們才坐直身子，準備觀戰。這一定很精采！

從來沒有人敢找胡亂數老師較量。胡亂數是個暴投手。你永遠不會知道他接下來會朝你丟什麼。有一次他甚至一把抓起腥哥，就朝鄂愣子的方向砸。

新來的女孩來殘酷學校的第一天就能打敗這個可怕的老師嗎？

「老師，我的答案是對的！」胡亂數老師學她說話。說完就抓起一張椅子往教室後面摔過去。

幸好大家都低頭躲過，椅子當場砸在後面的牆上。

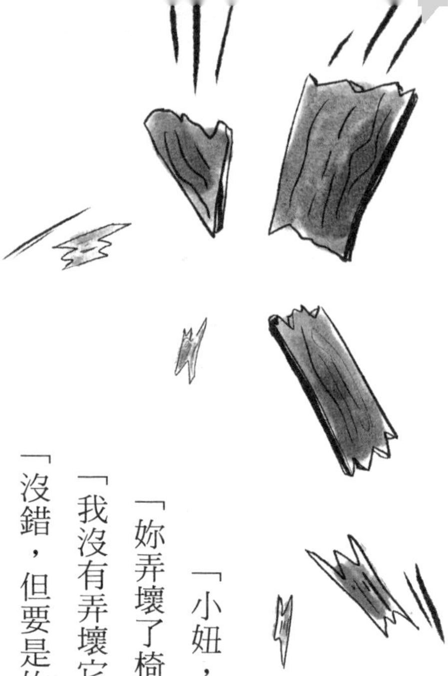

砰咚！！！

「小妞，妳看妳幹了什麼好事！」胡亂數老師吼道。

「妳弄壞了椅子！」

「我沒有弄壞它，是你丟的！」

「沒錯，但要是妳沒有躲開，它就不會壞了！」

「胡亂數老師說得有道理！」麥喇叭附和道。

「妳錯了！」胡亂數大聲說道。「妳ㄔㄨㄛ了！大綽特綽！」

「我只能說你的注音符號也很不好。」鬧鬧低聲咕噥道。

「妳剛說什麼？」胡亂數質問道。

「沒什麼，老師。」鬧鬧語調輕鬆地說道。

「我會證明妳是錯的！妳沒看到我在用手指頭數嗎？」

全班齊聲倒抽口氣。

「嚇！」

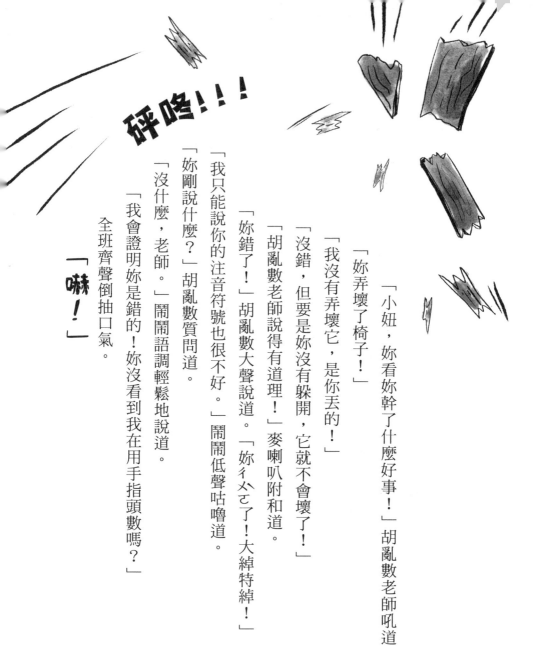

鄂愣子瞪看著女孩，彷彿在說：

「千萬不要頂嘴！」

「有，老師，我有看到！」

女孩回答。「但是你多數了一根手指。」

「請問我怎麼可能多數一根？」

他質問道。「我有十根手指啊！」

「錯了，不是十根手指，你有十一根！」

「**嚇！**」全班又全都倒抽口氣。

鄂愣子則倒抽兩口氣，因為他想向鬧鬧強調事情的嚴重性。「**嚇！嚇！**」

胡亂數老師的脾氣突然大爆發！他吃力地抬起桌子，就往教室後面砸。

鬧鬧低身躲過，結果砸中鄂愣子的頭。

桌子當場砸成碎片，木屑到處噴飛。

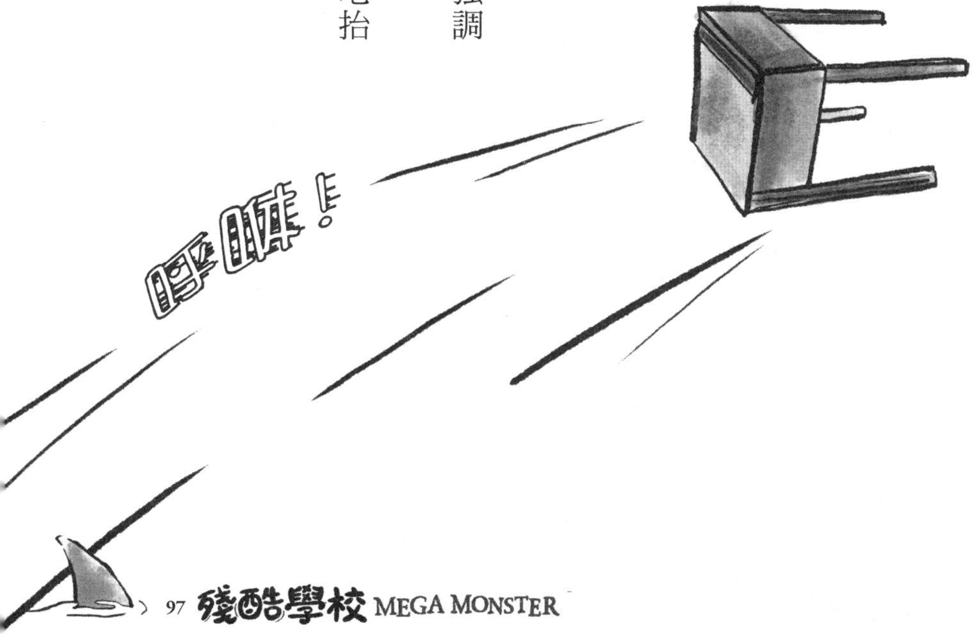

「鄂愣子，你沒事吧？」鬧鬧問道。

「不知道。」他揉著頭回答。

「這隻豬認為我有十一根手指！十一根！真是荒唐！」胡亂數老師放聲大吼，同時再次數算他的十一根手指。「一、二、三、四、五、六、七、八、九、十！你們看！就跟我有十個腳趾一樣！」

說完，胡亂數連忙脫掉鞋子和襪子露出了……金屬腳！那隻金屬腳有……你猜猜看幾隻……六隻腳趾！就像他的手指一樣，胡亂數總共有十一根腳趾。然後他開始數。

「一、二、三、四、五、六、七、八、九、十！妳……這個自以為聰明的小妞……罰妳去算十個算術題！」

「那不是十一根嗎？」鬧鬧問道。

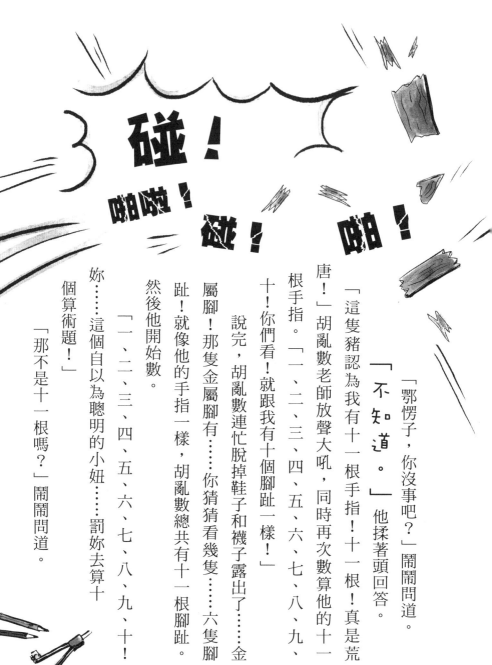

鄂愣子慌張搖頭。

「妳給我去算十一個算術題！」胡亂數大聲說道。

「你看，你還是會算術嘛！」女孩嘀咕道，這句話逗樂了教室裡其他所有學生。

現在他們不再嘲笑她，而是和她一起笑，這感覺**棒透了**。

「**哈！哈！哈！**」

「妳說什麼？」胡亂數老師質問道。

「老師，我沒說什麼。」她回答，但表情沾沾自喜到不行。

「好，我應該把妳送去留校……」

但胡亂數還沒說完「察看」這兩個字，下課鐘聲就及時解救了鬧鬧。其實不是鐘聲啦，是鶉鶪的嘎叫聲。

「嘎嘎嘎！」

「這個叫聲是在提醒我下課，不是提醒你們！」胡亂數喊道，但來不及了——所有學生就像老鼠逃離沉船一樣，全都從教室蜂擁而出。

「鬧鬧，以前從來沒有人做過這種事欸。」鄂愣子興奮地說道。

「蠻好玩的！」她回答。

「幸好妳沒被送去留校察看。」

「我才不在乎呢。」

「妳會在乎的。被送去留校察看的學生，出來之後就像變了一個人。」

「這話什麼意思？」鬧鬧問道。

「不知道，我太多話了。」

「你說得不夠清楚……」

「自然科學老師負責留校察看的學生。他們出來後就被殭屍化了！」

鬧鬧在冷颼颼的走廊停下腳步。

「殭屍化？為什麼？」

「不知道。沒有人知道。」

「這裡有這麼多學生……為什麼你們不聯手對抗老師呢？」

鄂愣子搖搖頭。「不知道。我猜是因為我們在殘酷學校裡都只想到自己。」

「但是如果我們一起合作？」她推論道。

「不可能。」

「沒有什麼事是不可能的！」鬧鬧說道。

「就是不可能。這裡的小孩都討厭彼此。」

「我就不討厭你啊。」

「我也不討厭妳。」

「所以這是個好的開始！」

兩人**相視而笑**。

「我們已經有兩個成員了，」鬧鬧繼續說道。

「我們可以一起合作，逃離這裡！」

鄂愣子想了一下。「妳這樣說會害妳被留校察看的，上課遲到也會，所以我們趕快走吧！」

話說完，他就牽起鬧鬧的手，拉著她前往另一間教室。

12

急婆老師的嘎巴語

你可能以為殘酷學校的孩子們能學會一種外國語言，以便日後派上用場，譬如法文、德文、西班牙文或俄文。

但你錯了。

外語老師急婆小姐教的是一種完全虛構的語言——全是她自己瞎編出來的。它叫做嘎巴語。嘎巴語根本是在胡說八道，絕對不可能學得會，因為它老是在變——急婆老師總是記不住她曾瞎編出來的單字是什麼意思。

比方說，有一天急婆老師說湯匙叫做bimmybammy（逼咪巴咪），可是隔天可能又變成furg（福格）。

同樣的，在嘎巴語裡，「皇后」可能叫做spoogelefish（斯噗依雷魚），第二天又變成fibblyfobblyfoo（飛盤飛柏莉富）。

又或者「樹」翻譯成嘎巴語可能是bulmruttock（幫盧托克），結果後來又變成moogymoogymoogy（木吉木吉木吉），然後又變成zingleid（金個咧）[2]。

所以根本不可能記得住，尤其對急婆老師本人而言。

鄂愣子設法趕在急婆老師大搖大擺地走進教室之前，先把該警告的事情全告訴鬧鬧。

急婆是一位個子不高的女士，她身上不搭調的衣服和眼鏡讓她總是成為眾人焦點。

「同學們，今天要進行嘎巴語測驗！」她大聲說道，同時遞出考卷給正在集體呻吟的全班學生。

「全是垃圾！」麥喇叭大叫。

「麥喇叭，這不是垃圾，你們只需要把嘎巴語翻譯出來，非常簡單！」

2 為了讓讀者輕鬆閱讀（有嗎？），後文將省略原文，皆以中文呈現嘎巴語。

「老師，我們有學過中文嗎？」傻妞問道。

「傻妞，妳真好笑。」鬧鬧說道。

「我沒有想要搞笑啊。」女孩一頭霧水地說道。

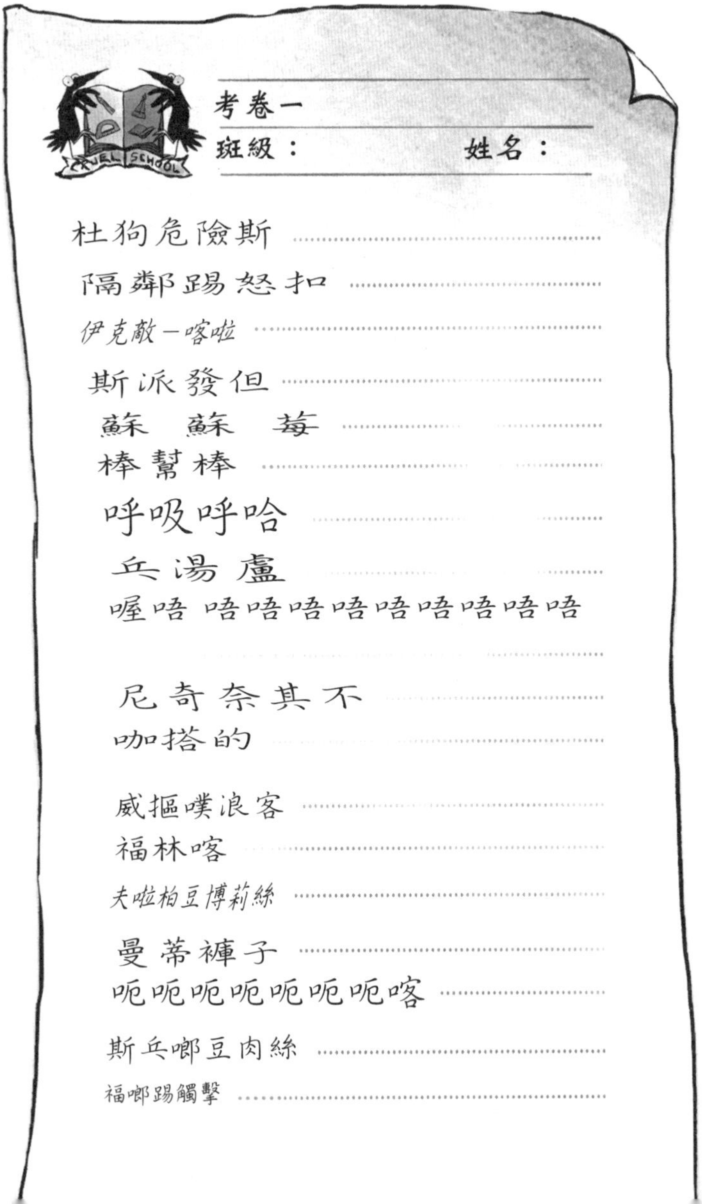

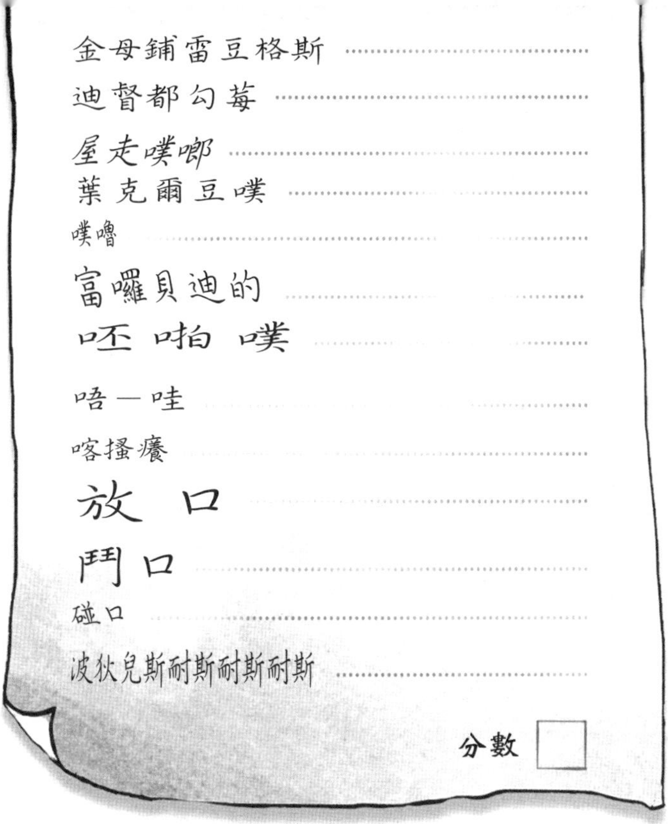

「哦！」鬧鬧邊說邊掃視考卷。考卷上要翻譯的嘎巴語清單很長：

「急婆老師就是想讓我們全部都不及格。」鄂愣子嘶聲說道。

「為什麼？」鬧鬧問道。

「這樣她就可以把很多學生都送去**留校察看**！」

「我不要被留校察看！」腥哥低聲說道。

「那會害我們變了個人。」廖耙仔說道，同時緊張地摸摸眉毛。「我昨天就去過，害我到現在都還感覺全身發燙，好像快爆炸一樣。」

鬧鬧想了一下。**賓果！**「我有點子了！我要用急婆老師自己的遊戲規則來打敗她。」

「怎麼打敗啊？」鄂愣子問道。

「對啊，怎麼打敗啊？」廖耙仔也問道，彷彿也想加入他們。

鬧鬧微笑。**「我們只說嘎巴語！」**

13

金剛固力飛兒德

「嘎巴語測驗……」急婆老師宣布道，同時看著她那支倒著轉的錶，「開始！」

鬧鬧立刻舉手。

「測驗已經開始了！」老師氣呼呼地說道。

「我知道，急婆老師，可是我能不能先用嘎巴語跟妳說幾句話？」

「用嘎巴語？」一臉慌張的急婆老師問道。

「是啊！」

「呃，我不確定…」

「這是嘎巴語課，不是嗎？」

「當然是啊，是我開的嘎巴語課啊。」

「那麼要學習新的語言，有什麼方法比開口說來得更好呢？」

鬧鬧把急婆老師逼得走頭無路，束手無策，只好同意。

「好吧，那就說吧。」

鬧鬧臉上綻開淘氣的笑容。這一定會**很好玩！**或者把「好玩」翻成嘎巴語，就是「驢子肚大咻噗唧！」

鬧鬧開始說了：「月洞嘎嘎逼咻飛兒路兒拍博莉，鴨鴨敲敲喔搭巴巴比莉咪斯喀，咕嚕禿發月舔咪奇哞，渣滋渣，夫佈雷叮咚？」

句子說到最後，她還故意揚高尾音，表示這是個疑問句。可是因為這句話是鬧鬧學急婆老師那樣自己編出來的，所以根本不可能回答。

因此急婆老師當下看起來呆若木雞[3]。

鄂愣子的目光以及全班學生的目光都轉向老師。

急婆老師看上去一頭霧水。「呃……麻煩妳再重複一遍那個問題？」

於是就像嘎巴語的慣例一樣，剛剛的字詞又全都變了！「噗啪叮嘎鈴哞勾莓諾頓喀嚕彈米克馬奇哞噗嚕咯囉夫兒勾豆兒勾噗兒勾，咕嚕勾喔必汪偷西奇依林克，布嚕哈哈哈哈哈哈哈哈？」

傻妞尤其開心可以講嘎巴語，於是也加入對話。「木皮飛伐木勾掉喔嘟嘟輝噗雷木寵物渣奇東！」

「很好，傻妞！」鬧鬧大聲說道。「大家一起說吧！」

然後班上所有小孩都開始大聲說起自己發明的詞語。

「噗嚕飛滋！」

「克英尼克爾斯！」

3 或者把「呆若木雞」翻譯成嘎巴語就是金剛固力飛兒德！

「喔截汪噗！」
「刷奇波奇喔啪！」
「飛因特布囉斯！」
「咻格洛特！」
「扭扭轉轉！」
「斯尼皮斯耐匹斯努皮！」
「東勾富嚕克！」
「烏格薄荷糖！」

「**安靜！**」急婆老師大吼。「全都安靜！你們都沒有一點羞恥心嗎？我從來沒在殘酷學校見過這麼傲慢無禮的班級！」

鬧鬧把手舉高，然後很快地說：「可是老師，妳還沒回答我的問題呢。」然後她又開始瞎編出一個又一個愚蠢的詞語。「噗哩噗啦呼夾夾夾屋比屋比咕嚕偷發奇布嚕派核桃啪啪啪怕怕怕蘇都耶牛醉口發口德嚕噗雷丹勾斯克勾褲勾瓜勾威力窩莉誰啊，布嚕臭格囉勾卻夫兒噗踢奇探奇湯克噗莉絲噗哩斯噗啦斯呼勾布莉都布啦都布嚕都布嚕，威摳迪摳東格雷噗嚕噗？」

所有學生都瞪著急婆老師看。她的前額開始冒汗。只見她拉出一條沾有污漬的絲質手帕輕拍自己的眉毛。

「妳這個討人厭的麻煩精，把妳的問題再問一遍，這次不要用嘎巴語問！」急婆質問道。

「我剛問的是」鬧鬧開口道，同時眼裡閃過一絲淘氣。「急婆老師，妳根本不知道嘎巴語怎麼說，對不對？」

學生們當場哄堂大笑。

「哈！哈！哈！」

「我喜歡這個新來的女生！」布好惹大聲說道。

「我也是！」麥喇叭附和道。

「她好酷哦！」腥哥也跟著說。

「新來的女生是誰啊？」傻妞問道。

急婆老師氣到看起來好像快爆炸了！她用力跺腳，走到鬧鬧桌子前面。

她一靠近，鬧鬧就又聽到那個奇怪的滴答聲。

滴答！ 滴答！ 滴答！

「滾出去！」急婆老師大喊。「立刻滾出我的教室！」

「可以請妳翻譯成嘎巴語嗎？」鬧鬧取笑道。

「哈！哈！哈！」孩子們哄堂大笑。

「鬧鬧，這個好笑。」鄂楞子喊道。

「鄂楞子，你留校察看！」

「不要！」他放聲大叫。

「兩次留校察看！」

「對不起，鄂楞子，」鬧鬧低聲道。她覺得很糟糕，竟然害她在學校裡的唯一一個朋友惹上了大麻煩。

「至於妳，鬧鬧……」老師尖聲說道，「立刻滾出我的教室，我罰妳三次留校……」

但急婆還來不及說出「察看」兩個字，鬧鬧就大搖大擺地走出教室，摔門而去。

砰！

14

雪崩

靠厚臉皮逃過**留校察看**的鬧鬧開心地沿著長長的石造走廊手舞足蹈。但又突然覺得對鄂愣子很愧疚。要是他說的**留校察看**後果屬實，她實在很為感到他擔心。他進去後會發生什麼事呢？

這時遠方傳來聲響，鬧鬧聽見鑰匙的**叮叮咚咚**聲。

叮啷！叮啷！

完了！

管閒事正朝她的方向走來。女孩連忙躲進壁龕裡一尊盔甲裝的後面等他經過。直到他走遠，鬧鬧才躡手躡腳地走到走廊盡頭。這時她經過一扇很大的木門，上面的牌子寫著：

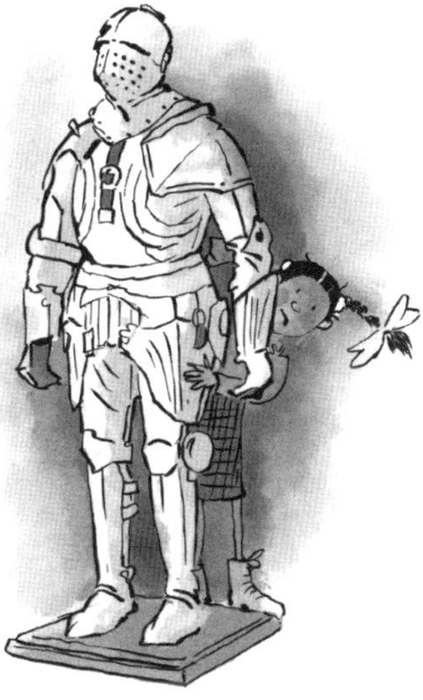

鬧鬧忍不住好奇心，彎下腰從鑰匙孔裡偷窺。美術教室裡有一個滿頭黑髮，留著黑色山羊鬍，穿著一身黑的男子正在上課。他在教室裡走來走去，對著學生吼叫。

「黑漆漆老師要看到的是黑色、黑色和

更多的黑色！」

但是從外觀來看，已經不可能讓它變得更黑了。所有顏料都是黑的，所有紙張也是黑的，學生們的畫作只是黑色色塊而已。

這不是藝術，這是折磨。

鬧鬧不敢相信地搖搖頭，她越是探索殘酷學校，就越是發現它的殘酷。若真要說這地方有什麼優點，那就是它的確名符其實。

突然間牆上映現黑影。那是兩個人，一個又高又直，一個又矮又胖。矮的那個正用推車推著一件很沉重的設備，看起來像是很大的玻璃缸，很像是用來放動物標本的那種展示箱。

鬧鬧正要跟上去，但那兩個影子就消失在視線裡了。古堡的通道宛若迷宮，根本不可能知道他們走哪一條路。鬧鬧非常害怕，只能盡可能不出聲地踮著腳走。她聽見不遠處有不停踩踏地板的喀答聲響，聽起來很像是在上體育課。鬧鬧很想知道殘酷學校裡頭做什麼運動，於是往前走了幾步，來到教室門口。

門口牌子寫著：

沒錯，裡面正在進行的運動的確有致命的危險。

一個穿著運動服、渾身圓滾滾的女老師正帶著學生玩躲避球。

但是這種躲避球很不一樣。

這裡可沒有球！

反而是由老師球球小姐把自己滾成一顆球，朝學生滾過去。

滾滾滾滾！

她是滾球比賽的高手，學生只能像撞柱遊戲裡的撞柱一樣躲在彼此後面，但還是被她一個個撞翻。

他們被撞飛到空中……

「啊！」

「救命啊！」

「快停下來！」

……最後全都跌落在教室盡頭。

碰！

這時突然出現震耳欲聾的餐具碰撞聲。

鬧鬧趕緊打開最近一扇門，躲進去，門上的牌子寫著：**失物招領室**。她隔著門縫往外看，瞄見了難嗑廚娘。廚娘正推著一臺推車，早餐被砸破的碗盤都堆高在推車上。鬧鬧聽到她一路低聲咒罵。

「要是再讓我碰到那個死丫頭，我一定把她拿來炒了當早餐送上桌！」

完了！鬧鬧心想。她只好等到走廊沒人，安全無虞了，才敢從幽暗難聞的**失物招領室**溜出去。

下一扇門的牌子寫著：

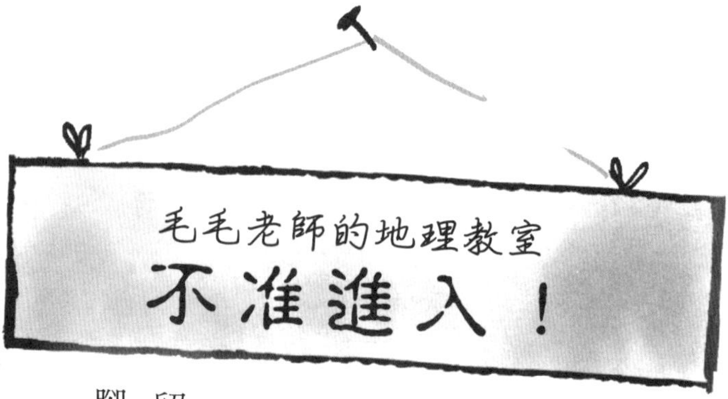

鬧鬧隔著門上面的一扇小窗往內窺看，驚訝地看到一個臉色紅潤、留著鬍子的老師。他身穿毛皮大衣、頭戴護目鏡、腳下踩著一雙雪靴，站在高高的雪堆上。

所有小孩都從座位上仰頭看他，神情驚恐。

「有個壞消息，因為你們行為惡劣，」毛毛老師

大聲宣布道，「所以到北極的戶外教學取消了。」

「哦！」學生們異口同聲地呻吟，聽起來就像是有人踩到地上的蘇格蘭風笛一樣。

「但好消息是北極搬到這裡來了！」

毛毛老師開始用靴子去踢腳下的雪堆。

嘎吱！

很快就雪崩了，雪塊滑過教室……

唰！

白雪瞬間淹到孩子們的腋下。

「完蛋了！」他們哭喊道。

「你們說錯了，不是完蛋了！是下雪了！呵呵呵！」毛毛老師大笑道。

唰！

教室裡當場爆發雪球大戰。

啪答！

呼咻！

啪答！

唰！

啪答！

一顆飛偏的雪球正中鬧鬧的臉！

啪答！

她瞬間長出白雪鬍鬚。

「嘎！」嘎叫聲突然迴盪學校。這一次，鵜鶘是在告訴大家放學了。教室門猛地被推開，學生蜂擁而出，衝回自己的房間。為了避免被急婆老師強拉去**留校察看**，鬧鬧趕緊避開這群學生。但令她驚訝的是，她發現**殘酷學校**竟然有圖書館。

還不是那種老舊的圖書館哦。

不是哦。
高大的木門上，寫著大大的粗體字……

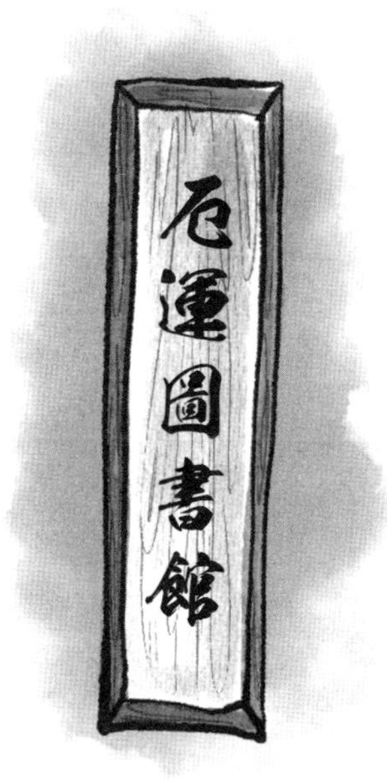

15

厄運圖書館

圖書館怎麼會註定厄運呢？鬧鬧心想。這太蠢了！

鬧鬧是那種喜歡**閃亮登場**的人，這種登場方式總是能讓她受到矚目，於是她用很誇張的動作打開圖書館門……

啪！

……結果發現根本沒人理她。

老圖書館員正坐在暗色木質櫃臺和一大罐餅乾的後面，

桌上有塊牌子寫著：

但她正忙著在茶裡泡餅乾，根本沒留意到鬧鬧的出現。

當鬧鬧經過圖書館員旁邊時，發現那個奇怪的滴答聲又出現了。

滴答！滴答！滴答！

她掃視牆面確認是不是掛鐘的聲響，但是沒有鐘啊。然後她看了看這間圖書館，它八成是這世上最雜亂的圖書館。因為到處都是書。書被堆疊在地板上、椅子上、和桌子上。書架上的書被隨意擺放，有些書不是上下顛倒，就是書頁都外露了。

鬧鬧一開始就被那些書籍類別給嚇到，它們似乎都是恐怖類的書籍。

這裡沒有笑話大全或有趣的書刊，也沒有那種有很多可愛小狗圖片之類的書籍。

反而每個架子上都是會害**殘酷學校**裡的學生做**惡夢**的那種書。

光看書名就足以嚇得你從圖書館裡拔腿逃跑。

殘酷學校的神祕失蹤事件
胡亂數老師教你如何數到十的簡單指南
美麗畫作：熱氣騰騰的牛糞
吐司上的蛆和一百種令人噁心的食譜
作者：難嗑
刮一刮即可聞這世上最臭的屁屎
把小孩當早、中、晚餐吃的怪物
只是不敢開口問
有關腳垢的所有知識大全
急婆小姐的嘎巴語指南
臭死人的襪子
污漬收集者的收集指南

鬧鬧開始瀏覽架上的書，想找到一本……任何一本不會害她做**惡夢**的書。

但不用說也知道，她找不到。

就在這時，門開了，學校裡頭個子最小的學生匆忙走了進來。是廖耙仔！

男孩滿身大汗，看起來像生了重病。他一進來就衝到書架後面，然後就不見蹤影。

鬧鬧繞過書架窺看他，發現他跌坐在一疊書籍上，兩條短腿根本搆不到地面。他個子雖小，卻抱著一本沉甸甸的紅色皮面精裝巨著，幾乎跟他一樣高。書封上的標題用金色字體寫著：

但不尋常的是，廖耙仔把書拿反了，所以封面是上下顛倒的。他特地拿書遮住自己的臉，確保沒人看到他。

「你在這裡做什麼？」鬧鬧問道。

「走開！」他嘶聲道。

「不要，我在問你問題！」

「我本來應該再去**留校察看**的，但是我跑到這裡躲起來。」

「那真的像大家說的那麼糟嗎？」

「真的！我昨天才去過一次。」

「發生了什麼事？」

「我完全不記得了，」廖耙仔回答，他仍然滿身大汗，於是鬆開衣領想要降溫。

「那才是昨天的事欸！」

「我知道，但是我完全記不起來發生了什麼事，

只知道我從門口走進去，後來的事就模模糊糊了。」

「好奇怪哦。」

「我昨晚做了惡夢，夢見我全身著火地在空中呼嘯而過。」

「這也很怪。」

「怪的是我一整天下來都覺得自己超級熱，好像全身著火！」他用書扇了扇自己。

「你臉色不好。你應該去保健室。」

男孩哼了一聲。「不，謝了。殘酷學校裡的保健室只會害人生病的。我要躲在這裡，現在麻煩妳滾開。」

「你知道為什麼比賽前不能去圖書館看書嗎？因為會輸！」

「滾開！」

「圖書館借不到什麼書？天書。」

「滾開！」

「到圖書館多看書會變得有錢嗎，會啊！因為書中自有黃金屋！」

「我再說最後一次，滾開！」

「好啦，好啦，只是想幫你放鬆心情而已！」鬧鬧回答，隨即轉身走到圖書館的另一頭。

她在那裡閒晃了一會兒，正翻閱一本跟妖怪有關的書，突然聽到**滋滋**作響聲。

「廖耙仔？」她喊道，同時跑過去看是怎麼回事。

廖耙仔臉上出現窘迫的表情，就像是你很想去上廁所，但你知道可能會來不及的那種表情。

「廖耙仔，你還好嗎？」鬧鬧問道，但她很清楚答案一定是「不好」。可是那男孩沒有說話，反而整張臉愈漲愈紅、**愈漲愈紅**，紅到就像是一大顆巨無霸草莓。

「廖耙仔，你怎麼了？」她追問道。「拜託你，快告訴我。」

他還是無法回答，但是他眼中充滿恐懼。就好像他很想告訴她什麼，但無法說出口。

這時他的臉已經燙得跟太陽一樣了。他丟下手裡的書。

咚！

鬧鬧的目光掃向圖書館員。可是泡泡小姐仍然在忙著泡她的餅乾，根本沒注意到有什麼不對勁。

廖耙仔從書堆上跌了下來，開始在地板上抽搐。

緊接著，他的耳朵冒煙，看起來好像快要……

爆炸了！

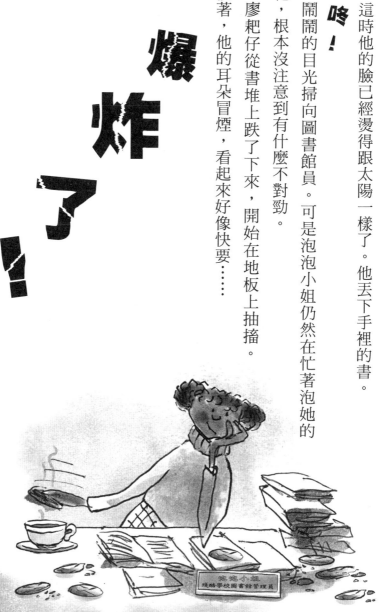

16

爆炸的男孩

「廖耙仔！」鬧鬧喊道，企圖把男孩拉起來。

這時最奇怪的怪事發生了。廖耙仔的屁股開始噴出火焰。

滋啦～滋啦～滋啦～

「廖耙仔，你怎麼了？」鬧鬧喊道，同時把他抬起來。她轉頭朝圖書館員喊道：「泡泡小姐，救命啊！」

可是泡泡小姐頭也沒抬地繼續泡她的餅乾。

現在從男孩身上噴出來的熱氣就像鍋爐噴火一樣。

然後廖耙仔的腳開始離地。

他正在升空！

鬧鬧伸手按住他肩膀，想把他壓回地面，但壓不住。

「停下來！」她大喊，這時她的手被燙得快要受不了了。

火焰越噴越大，直到……

喀碰！

……廖耙仔像顆隕石似地朝空中**噴飛**！

又從牆上反彈回來……

乒！嘣！乓！

……最後**咻**地一聲衝上天花板……

轟隆！！！

……撞穿圖書館的屋頂。

鬧鬧搶在碎片砸下來之前連忙抓了一本很大的怪物百科躲在底下。

啪啦！

鬧鬧抬頭透過漫天煙塵往上探看，發現屋頂有一個人形破洞。

屋頂外面的廖耙仔正呼嘯劃破天空，直衝雲霄。

這時有個東西在上空爆炸，深紅色的火光照映著天空，然後就看到一個人影朝大海的方向直墜而下。

鬧鬧衝到圖書館員那裡，她還在試著把餅乾泡在杯子的茶水裡，但每次都失敗。

「泡泡小姐！」女孩大喊。

因為她的叫嚷聲，泡泡小姐手裡待泡的餅乾突然碎了，掉進茶水裡。

「妳看妳幹的好事！」泡泡小姐大聲說道。

「這位小姐，」鬧鬧氣急敗壞地說：「我想妳應該要知道……」

「知道什麼啦？」

「有個小男孩剛剛**爆炸**了！」

第二部

地底下的祕密

17 餅乾緊急事件

「有個小男孩剛剛爆炸？妳瘋了嗎？」圖書館員從櫃臺後面慌張地說道。

「沒有！我絕對沒有瘋，也沒有胡說八道。」鬧鬧反駁道。

「我考慮要向校長舉發妳！」

「我也考慮要帶妳去找校長！」鬧鬧回答道。

「不行！」

「為什麼不行？」

「學校嚴格規定不准去打擾教授，她是一位非常忙碌的女士！」

「忙什麼？」鬧鬧大聲說道。「這間學校太不像話了。」

「妳好大膽，竟然敢這樣說！」

「我就是敢！」

「妳才來這裡一天而已，就惹出一堆麻煩！」

「我會繼續惹麻煩！很多很多麻煩！我們走！跟我走！快點！」鬧鬧喊道。

「我只想喝完我的茶和吃完我的餅乾！」泡泡小姐說道。

「沒有時間了！」

鬧鬧把這位老小姐從椅子上拉起來。

「喂！我才泡了一半欸！」泡泡小姐喊道，她那被泡了一半的薑餅**啪**地一聲掉到地上。

不想被地上亂放的書堆絆倒的鬧鬧，將泡泡小姐拉出了圖書館那道又高又大的雙扇門。

碰！

然後一路**跌跌撞撞**地步下陡峭的石階。

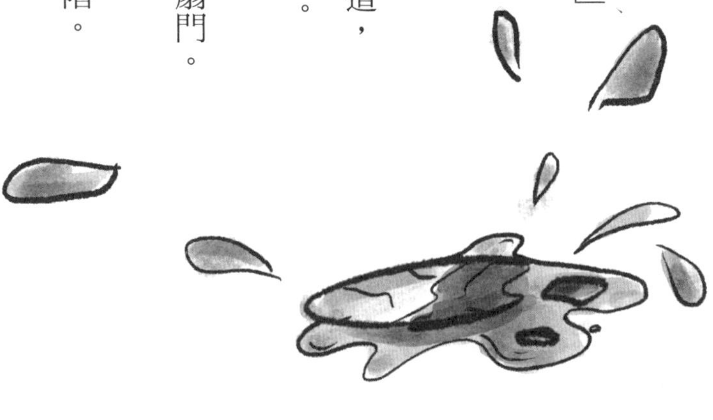

咚！咚！咚！

最後來到一塊長有灌木的草地，這裡也兼當學校的操場。但現在只看得到一點發亮的餘燼在空中飄浮，一觸及海面就熄滅了。

「小鬼！」泡泡氣呼呼地說。「爆炸的男孩在哪裡？」

鬧鬧回答：「他爆炸啦，所以就……不見了。」

「也許妳剛只是聽到火山的隆隆聲！」

「不是！不是活山！是一個男孩**爆炸了**！」

「一個男孩爆炸了！真是**胡說八道**！」

如果是我胡說八道，為什麼圖書館屋頂有一個人形的破洞？」

「有嗎？」

「有啊，走，我們去看！」鬧鬧大聲說道。她抓著圖書館員的手，將她拖上石階。

「別又來了！」泡泡抱怨道。

可是當她們回到圖書館時，最詭異的事情發生了。

咘咘！咘咘！

原本廖粑仔坐的地方，竟然出現一塊大石頭。

「之前這裡沒有石頭啊！」鬧鬧辯稱。

「我圖書館裡怎麼會有這玩意兒啊？」泡泡小姐大吼道。「我需要另一片餅乾！事實上，我需要兩片餅乾！快點，這是餅乾緊急事件！」

就在這時，一個長得很像鳥的人從其中一個書架後面飄然走了出來，身上的黑色長袍宛若翅膀在後面飄揚。

「哇，真令人驚訝！如果我沒搞錯的話這是一塊隕石！」她大聲說道。

她的聲音令鬧鬧的背脊打起寒顫，聽起來就像蛇在嘶叫。

「哦，疑學博士！」泡泡小姐低聲軟語道。「我沒看見妳躲在那裡！」

18 疑學博士

「我只是從實驗室出來一下看看這裡在吵什麼？」疑學博士輕笑說道。

這位自然科學老師個子很高，姿態優雅，一頭黑髮正中央有一撮白髮像閃電一樣貫穿。

「妳叫做醫學博士嗎？」鬧鬧問道

「不是！」她堅持道。「我不是醫學博士，我是疑學博士。」

「我剛就是這樣說的啊！」鬧鬧回答：「醫學博士！」

「疑學博士！」

「醫學博士？」

「**疑學博士！**」

鬧鬧很是一頭霧水。「聽起來都一樣啊！」

自然科學老師的紅色眼睛瞇成一條線，旁觀的圖書館員開始擔心氣氛會變得很糟。「我是博士，我姓疑學，懷疑的疑，學生的學，疑學跟醫學完全不一樣！」

「只是寫法不一樣啊！」鬧鬧嘲弄道。

「疑學跟醫學聽起來完全不一樣！」

「一點點不一樣而已！嘿，所以醫學博士就是醫生囉，醫生！醫生！」女孩開始耍寶。她就是忍不住。身為一個冷笑話的愛好者，遇到名字這麼好笑的人，當然要好好發揮一下。「妳把剪刀忘在我肚子裡了。沒關係，我還有另外一把！醫生！醫生！我想減肥，哪裡最容易瘦？錢包。醫生！醫生！我需要一付眼鏡！妳的確需要，因為這裡是炸雞店！」

「哈！哈！」泡泡小姐咯咯笑。「最後一個我沒聽過欸。」

「所以疑學博士，我想問，」鬧鬧繞著她跳。「妳為什麼放塊隕石在這裡？」

疑學博士瞇起紅色眼睛。

「不是我放的，」她冷靜回答，似乎已經把撒謊練到爐火純青了。「一定是剛剛墜落在這裡，所以才有那個洞！」

「不是！」鬧鬧怒氣沖沖，完全失去冷靜。「廖耙仔剛剛坐在這裡。他飛了上去，直接撞破屋頂，噴飛到天上去了。」

現在輪到博士哈哈大笑了。那是嘲弄的笑聲。她看著泡泡，她也諂媚地跟著大笑。

「哈！哈！哈！」

「這八成就是妳被送來殘酷學校的原因，」疑學博士輕笑道。「因為妳愛撒謊！」

一把怒火從鬧鬧腳底衝了上來，但還好她在大發雷霆之前克制住自己。

「不是，」她冷靜地答道。「我不是騙子。我來這裡是因為校長的椅子上被放了放屁坐墊，但那不是我放的！」

「當然不是妳放的！」這位老師語氣輕鬆地說道。「真是個討人厭的小騙子！」

「我不是騙子！我爸媽有教我什麼是對的、什麼是錯的！」

「哦，真的有教嗎？那他們現在在哪裡？」

「他們過世了。」這個孤兒眼帶悲傷地說道。

「如果他們現在還在，一定會以妳為恥。妳看看妳，根本就是罪過的化身。泡泡小姐，我建議妳找管閒事來把屋頂的洞修好。另外請容我告辭，我得回去處理留校察看的學生了。」

說完這位老師就微微屈膝，大搖大擺地朝門口走去。

鬧鬧鼓足所有勇氣，在她後面大喊：

「妳給我站住！」

19 泡餅乾大危機

被人當場喊「站住」所引發的震驚情緒的確令這位老師停下了腳步。疑學博士是個不好惹的女人。從來沒有人敢對她大吼大叫。她先是不可置信地瞪大紅色眼睛，隨即臉上滿滿露出奸笑。

「原來這個新來的女孩……」疑學博士開口道，「會對老師大呼小叫！」

「我不是故意這麼沒禮貌的，可是……」鬧鬧慌張地說道。

「哦，她不是故意這麼沒禮貌的！泡泡小姐，妳聽到了嗎？」

圖書館員從她的茶杯那裡抬起頭來。「對不起……我剛剛

沒在聽妳們說話。我正忙著泡兩倍的餅乾，這非常非常困難！」

泡泡小姐沒說錯，她的手裡真的抓著兩根手指狀巧克力：她把兩根手指狀巧克力向兩位水上芭蕾舞者一樣同步放進那顯然已經變成巧克力茶的茶水裡。

但是泡泡小姐把手指狀巧克力放在茶裡泡太久，巧克力融化了。

噗滋噗滋～！

「完了——」泡泡小姐哭號。

「泡餅乾大危機出現了！」

「我有看到就是有看到，醫……疑學博士！」鬧鬧抗議道。

「可是廖耙仔不可能飛沖上天啊。」
「為什麼不可能？」
「因為他現在就在我的科學實驗教室裡進行留校察看啊。」
鬧鬧啞口無言，過了一會兒才又開口道：「這不可能啊。」
「沒有不可能。這是真的，孩子，妳自己過去看吧！」

20 一座怪異樂園

沿著迷宮般的走廊快步走了一段路之後，疑學博士和鬧鬧來到了科學實驗教室。

這位老師緩緩推開門，微微頷首：「妳先請！」她朝那偌大的教室招手示意，讓鬧鬧先進去。

一名肥胖的男子身上穿著緊繃的實驗室白袍，戴著很厚的紅色橡膠手套，站在一個男孩面前，那男孩是背對著鬧鬧。

肥胖男子露出邪惡的笑容，露出一嘴銀牙。他的頭禿到閃閃發亮，倒也不是說你看得到他的禿頭，因為他頭上蹲坐著一隻貓，活像戴著一頂假髮……那是一隻真貓，叫做魔神仔。這隻貓只有一隻眼睛和一隻腳，但仍勉強可以充當假髮使用。其實貓並不算拿來遮掩禿頭的最糟選擇。

比方說松鼠毛絨絨的尾巴只會欲蓋彌彰，讓人看到你的禿頭。

啃！啃！

但如果是一隻多毛毒蜘蛛，牠就會在你臉上編織蜘蛛網，等到你察覺的時候，已經什麼都看不到了。

纏纏纏！

換成是兔子的話，牠可能整天都在啃蘿蔔，沒有人會喜歡自己的頭髮一直在大聲咀嚼。

嚼！嚼！

若是貓頭鷹，那它一定會用尖銳的爪子搔刮你的頭。

抓！抓！抓！

猴子的話，它根本坐不住。它們會到處跳來跳去。

蹦？蹦？蹦？

至於小熊，就算只是剛出生，對你來說也太重了。

碰！

但如果是一頭羊，恐怕會太吵。

「咩！」

水獺就太滑溜了，可能直接滑下來。

咕溜！

企鵝的話，
有可能在你頭上下蛋。

噗咚！

狐狸很臭。而且它們討厭洗髮精。還有潤絲精。

噁嘔！

咕嚕臉上戴著一付奇怪的圓形眼鏡，不是那種你能看穿的透明玻璃眼鏡，而是鏡片上有螺紋的眼鏡，螺紋會持續旋轉。它是用來催眠的。

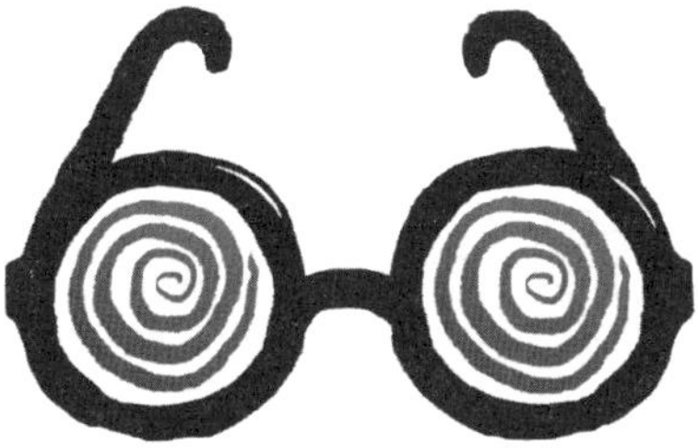

「咕嚕，把眼鏡摘掉！」疑學博士厲聲說道。

咕嚕拿掉眼鏡，塞進實驗室白袍的口袋裡。獨腳貓這時醒了過來，嘶聲作響。

「嘶嘶！」

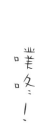

鬧鬧看著疑學博士和咕嚕，突然恍然大悟她放學前在走廊上看到的黑影就是他們兩個。

「這眼鏡是做什麼用的？」她問道。

「那只是一付愚蠢的眼鏡，用來娛樂那些小鬼的。」疑學博士回答。

「我是在問他！」鬧鬧說道。

疑學一付沒好氣的模樣。「我是擔心我的實驗室助理咕嚕不太愛說話，不會回答妳，他其實是不說話的。」

「他都不說話？」鬧鬧問道。

「對啊，只會咕嚕咕嚕地回答妳。對不對？咕嚕？」

咕嚕咕嚕回答：「**哦！**」

「他說什麼？」鬧鬧問道。

「他說是，」疑學博士說道。「一個『哦』代表是，兩個『哦』代表不是。」

「**哦！**」咕嚕咕嚕地附和。

鬧鬧掃視科學實驗教室。這是一座怪異的樂園。教室裡竟然有一面超大的彩色玻璃窗，就像你在教堂看到的那種玻璃窗。只是這面彩色玻璃窗上的畫是疑學博士她自己！畫中的自然科學老師面帶邪惡的笑容，四周漂浮著零星的科學儀器。

她真的很自以為是！鬧鬧心想，不過她不敢說出來。

這裡就像你所想像的實驗室一樣牆上有化學圖表，架上有成排的試管，和一堆金屬盒，亂七八糟的電線從盒裡延伸出來，堆得到處都是。玻璃罐裡泡著各種形形色色的

奇怪生物，罐身積滿灰塵：

三個翅膀的鵜鶘
九條觸腳的章魚
兩條尾巴的鯊魚寶寶
再加上被裝在巨型玻璃櫃裡的動物標本：
一群渡渡鳥
一頭劍齒虎
一隻飛行姿態的兀鷹
一頭黑色犀牛
一隻超大的蝙蝠
一頭用兩隻後腳站立、正在狼嚎的狼，看上去很像狼人
一頭毛絨絨的長毛象
一條鱷魚，頭中央只有一個很大的眼睛，就像獨眼怪一樣
一隻白毛猩猩，它有一雙紅色的火眼金睛
連體雙胞胎北極熊，兩顆頭顱都正在咆哮。

有趣的是，這裡也有發條玩具，看起來好像是手工做的：跟本尊一樣大小的貓頭鷹、兔子、和烏龜發條機器人。旁邊則有疑學博士的蠟製頭像，看起來逼真到嚇人。

上方還有一個很大的架子，架上擺放著一大塊月球岩石和一大坨冷卻後的熔岩，想必是從火山那裡拿來的。旁邊有一大塊空間空空如也，只有塵土。鬧鬧的腦袋開始轉。那塊隕石是不是從那裡搬下來的？

更上面一點的架子上放了一臺超大的機器，機器連接了一大坨繞成線圈的電線。

「那是什麼？」鬧鬧指著它問道。

「哦，妳沒在專心聽自然科學課，對吧？」疑學博士輕笑道。「我們得再另外安排課程了。那是電磁體。」

「它是用來做什麼的？」

「讓我秀給妳看。咕嚕，妳不介意吧？」

「**哦！哦！**」咕嚕回答，意思是不介意。

「太好了！」疑學博士大聲說道。「咕嚕的牙齒是金屬製的，因為他吃了太多甜食。當我啟動這個開關時……」

咕嚕緊緊抓住離他最近的櫃臺，那隻貓則把爪子緊緊戳進他的頭。因為他們都知道接下來會發生什麼。

疑學博士啟動電磁體的開關。機器開始嗡嗡作響，咕嚕頭朝前地飛出去，整個人飛越實驗室。

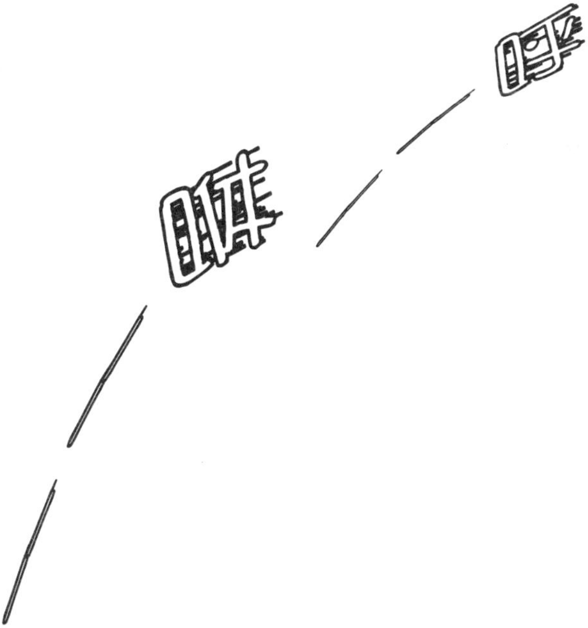

21 金屬牙

咕嚕的金屬牙牢牢黏住電磁體。

框啷！

「**哦，哦！**」他咕嚕道。

「全世界最強力的電磁體！」疑學博士自豪地說道，隨即關掉開關。

咕嚕當場跌落實驗教室的地板。

碰！

「**哦，哦！**」他咕嚕道。

「咕嚕，非常感謝你同意參與這場實驗！」

「**哦，哦！**」

「嘶嘶！」獨腳貓嘶聲作響。

鬧鬧跑到咕嚕那裡。

「你還好嗎？」她問道，試圖幫忙他站起來，但被他揮手拍開。

啪！

這時鬧鬧瞄到實驗教室前面有個男孩正在**留校察看**。

鄂愣子！

她的朋友動也不動地坐在凳子上，面無表情。

「鄂愣子！鄂愣子！我是鬧鬧！」她說道，可是他一點反應也沒有。

「你怎麼了？」

鄂愣子一句話也沒說，甚至連眼睛也沒眨。是咕嚕戴的那付催眠眼鏡把他**殭屍化**了嗎？鬧鬧轉向疑學博士。

「你對鄂愣子做了什麼？廖耙仔在哪裡？」她質問道。「你跟我說過他在這裡。」

自然科學老師自顧自地笑了起來。「哈哈哈！」

「這有什麼好笑的？」鬧鬧說道。

「很好笑啊，因為廖耙仔就在這裡啊，不是嗎？咕嚕？」
「哦！」咕嚕咕嚕地說道。
「我知道他很矮，所以這可能是為什麼這麼難找到他的原因。」疑學博士說道。
「咕嚕，麻煩你囉！」
咕嚕搖搖晃晃地走到教室前面。他彎腰下去，捏住男孩的鼻子，把他拎了起來。男孩吊掛在半空中，只有後腦勺被看到。但是沒多久，咕嚕就把他轉了過來，鬧鬧當場倒抽口氣，因為她看見那人真的是……
廖耙仔！

22

非常邪惡的事

廖耙仔怎麼可能剛剛在空中爆炸，五分鐘後就又回到這裡**留校察看**？這個學校一定正在進行什麼非常**邪惡**的事情。

咕嚕捏住小男孩的鼻子，將他吊在半空中，臉上表情突然變得像在微笑，金屬牙跟著一閃而逝。

「廖耙仔！」疑學博士開口道。「這個新來的女孩以為你爆炸了！很好笑吧？」

「**哦！哦！哦！**」咕嚕咕嚕咕嚕地發出啞劇一樣的笑聲。

「咕嚕？」疑學博士問道。

「**哦？**」

「務必把這女孩平安送回她的房間。」

「我自己知道怎麼回去！」鬧鬧抗議道，她急著想再多做點調查。

「不不不！」疑學博士輕笑道。「我堅持讓咕嚕送你回去。畢竟你才剛來這裡。咕嚕，你有看到工友管閒事嗎？」

「哦！」咕嚕咕嚕道。

「請告訴他記得去查看一下這位……」

「鬧鬧，大家都叫我鬧鬧。」

「這名字很適合妳。記得叫管閒事去查看鬧鬧小姐今晚有沒有待在房間裡。我們不希望她受到任何傷害。」她輕笑道，眼裡閃過邪惡的光。

「哦！」咕嚕咕嚕道，然後放開廖耙仔的鼻子，男孩隨即跌落地上。

碰！

滋滋～

鬧鬧注意到一件超奇怪的事。男孩明明全身溼透，但還是像烤盤上的香腸一樣**滋滋作響**。

「廖耙仔？」女孩說道。「你還好嗎？」她朝他伸手過去。

「**不要碰他！**」疑學博士吼道。

「為什麼不能碰？」鬧鬧質問道。

「這個可憐的小孩渾身都是跳蚤，所以體溫才這麼高，他就是忍不住想抓癢！」

鬧鬧突然衝向廖耙仔。

「**咕嚕，抓住她！**」疑學博士大吼。

「**哦！**」咕嚕咕嚕道，同時快步走向女孩。

鬧鬧嚇壞了。她趕緊後退，遠離這個殘忍的傢伙，躲在凳子後面。但實驗室技師伸出那雙大手——或者說爪子——打掉擋在他們中間的凳子。

啪！

凳子飛越教室，差點砸中鄂愣子的頭，

轟！

最後撞上牆壁，炸成碎片。

咕嚕隨即抓住女孩的兩隻耳朵，將她拎了起來。

「我非常樂意自己走路！」被強行帶出教室的鬧鬧這樣說道。

踏！踏！踏！

23

一條又長又黑的地道

鬧鬧耳朵被擰痛了好幾分鐘之後，發現自己又回到了她那狹小的房間。管閒事也的確確保了她不能再跑到別的地方去，因為……

框啷！

……他把她鎖起來了。

「公主殿下，祝你有個好夢。」他說道，然後就跟咕嚕沿著走廊相偕離去，而且邊走邊笑。就連那隻棲在咕嚕頭上的單腳獨眼貓魔神仔也發出邪惡的笑聲。

「嘶嘶**嘶！**」

魔神仔毫無疑問地絕對是這世上最邪惡的貓。其他惡名遠播的貓還包括：

肥仔，牠它會把小狗當早餐、中餐、和晚餐吃，把大狗當成周日的午餐吃，再加上所有配料……

土匪，牠會從歷任飼主那裡偷走很多錢，然後蓋自己的貓屋，屋子竟比飼主們的還要大……

阿咬最大的樂趣就是咀嚼飼主的腳趾。

噓噓會對著那些想摸牠的老太太露出尖牙，嘶聲尖叫。可憐的老太太就會被嚇得逃之夭夭。

嬌嬌這隻貓只要飼主一出門，
就會用爪子把所有傢俱都撕爛，
再誣賴給小狗……

阿醉
堅持要香檳而
不是牛奶……

汙仔這隻貓最愛毀掉小孩
的派對，牠會狼吞虎嚥掉所有
的果凍和冰淇淋，撕開傳包
裹遊戲裡的包裹，再用爪子
把所有氣球都戳破……

阿呸這隻貓最喜歡朝你晚餐的
餐盤裡呸出毛球……

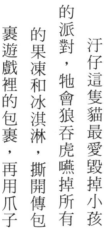

鬧鬧抓住兩隻滾燙的耳朵。它們到現在都還痛得嗡嗡作響。飽受打擊但始終沒有放棄的她更是下定了決心一定要查出殘酷學校裡的真相。她攀爬上去，隔著小窗戶往外看，只能勉強看到圖書館的屋頂。天色漸漸暗了，但她還是瞄得到屋頂上那個破洞附近七零八落地散落了很多破瓦片。如果隕石真的是從上面砸破屋頂掉下去，瓦片就應該往下掉而不是往上噴到外面啊。

夜裡最適合深入調查了。因此鬧鬧等到完全天黑了，才開始展開工作。

鬧鬧房間的地板都是很大片的石板，每一片的重量幾乎等同於一隻肥碩的貓……就是那種你很難抱得起來、超大隻的貓。（就算你真的抱起來，也得馬上放下去，因為擔心會撐不住，掉下來。就是那種你得用手推車運送的貓。你應該懂我的意思。）

這些石板的邊緣四周都有溝槽，可以讓小一點指頭戳進去。鬧鬧注意到她房間角落有塊石板只要踩上去都會微微地咯吱作響。當她用手指沿著它的溝槽摸時，發現已經有人把溝槽裡的一些泥垢清掉了。她用指間往石板底下摳，竟發現石板早就鬆脫。她抬起石板，輕輕擱在地上。

石板的反面居然有人用粉筆在上面寫字：

一定是以前的房客寫的。鬧鬧朝下窺看，發現地底下有一條又黑又長的地道。她不知道它會通往哪裡，但是她個子夠小，可以塞進那個洞。於是她跳下去，再把石板放回原來地方。

地道凹凸不平，想必是徒手挖出來的。它的盡頭就在馬桶的天花板上方。那股惡臭味遠比她所能想像得還要**臭上加臭**[4]，肯定是從中世紀就臭到現在。

鬧鬧拿起天花板的其中一片木板，再從縫裡鑽下去。她小心翼翼地站在其中一個潮濕的馬桶座上，伸手將木板放回原來位置。但就在放的同時，她的腳突然踩滑，整個人跌進馬桶裡。

嘩啦！

4 這是一個你能在**威廉大辭典**裡找到的真實詞語，**威廉大辭典**是已知宇宙裡最偉大的假字參考書。

臭味計量表

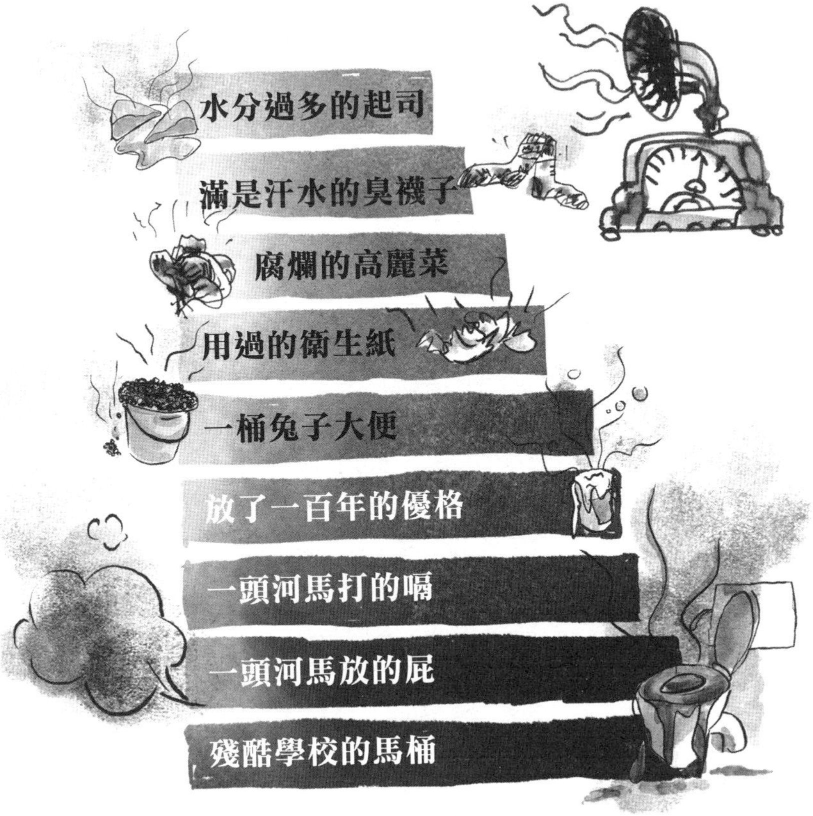

鬧鬧因為渾身濕透而瑟縮了一下。天知道馬桶裡面有什麼。她敢肯定**殘酷學校**的學生從來不沖馬桶。事實上，當她伸手想去抓馬桶的沖水拉繩，好把自己拉起來時，竟發現根本沒有沖水拉繩。鬧鬧把自己的腳從U形的馬桶座墊裡猛地扯出來，快步走向廁所門，後面滴了一長串的屎水。

啪答！啪答！啪答！

廁所門一打開，就是古堡的中央庭院。鬧鬧馬上感覺到有鹹鹹的海水噴在臉上。她要去的目的地是厄運圖書館。她想進一步調查屋頂的損害程度。如果她能證明那個洞不是隕石砸破的，就可以將事件的矛頭指向疑學博士。

鬧鬧盡量挨著石牆走，以免被人發現。現在天色非常暗，但陰沉低垂的月亮照亮了古堡。

她躡手躡腳地走到圖書館外牆的排水管那裡，伸手抓住它。管身雖然很濕很滑，她還是想辦法把自己撐了上去。

這時，她感覺有某種東西或某個人正在後面陰森地逼近。然後有隻手突然按住她肩膀，

鬧鬧嚇到不敢動，
她張大嘴巴，
卻叫不出來⋯⋯

24

蚯老大

「噓！」有個聲音在她耳邊說道。

女孩緩緩轉過頭去，結果看見一張臉正在對她微笑。

「你是誰？」她低聲問道，同時打量這個外表邋遢的小個子男子。他有一頭如鋼絲般的濃密黑髮，鬍子上的草屑、小樹枝和枯葉，在呼嘯風聲中**窸窣**作響，他們就站在幽暗的戶外，下方是海浪拍打礁岩的聲響。

嘩！

「我是蚯老大！」那個人回答。

「蚯老大？」女孩大聲說道。

「這是我的外號。我是這裡的園丁。我的口袋裡總是裝著蚯蚓，所以他們才叫我蚯老大，」他說道。蚯老大的聲音帶著討喜的鄉下口音，這讓女孩頓時感到放鬆。

「我叫鬧鬧，所以蚯老大，你現在身上有蚯蚓嗎？」她問道。

「只有這隻……蚯蚯！」蚯老大輕笑說道。

「名字很棒嘛！」女孩諷刺地說道。

「你一定花了很長時間取名！」

蚯老大從外套口袋裡掏出一條不停蠕動的小蚯蚓，就吊在她鼻子前面晃。

「**很美**，對吧？」

「我不會用**美**這個字來形容一條蟲！」

「不要這樣嘛，妳太傷牠的心了！」

蚯老大說道。說完園丁親了一下寵物蚯蚓的鼻子（希望那邊真的是鼻子……因為實在很難分辨哪邊是頭哪邊是屁股），然後才把牠

小心翼翼地放回口袋裡。

「你怎麼知道蚯蚓哪邊是頭哪邊是屁股？只要搔牠中間部位，看哪一邊在笑就知道了。」鬧鬧說道。

「哈！哈！」蚯老大大笑。

「什麼東西會讀書而且住在蘋果裡？是書蟲！」

「哈！哈！」

「在一群螢火蟲裡為什麼有一隻不發光？因為牠忘了繳電費！」

「哈！哈！」

「我不敢相信你竟然喜歡我的笑話！」

「哦，我**很愛**聽笑話啊，就算是這種不太好笑的笑話我也喜歡！」

「哦，」鬧鬧說道，心裡有點不高興。

「這座島上都沒有人講笑話。我已經困在這裡五十年了。」

「天哪！」

「我一開始也是這裡的學生。」

「真的嗎？」

「後來我畢業了，校長就叫我去當園丁。反正我也沒別的地方可去。不過現在妳可要好好解釋一下……」

「我？」鬧鬧回答，企圖裝出無辜的表情。

「對，就是妳！我剛才坐在我的小屋那裡，」他說道，同時指著懸崖邊緣那棟小屋。「我和蚯蚯正共喝一杯茶的時候，看見暗處有鬼鬼祟祟的人影在走動。明明所有學生現在都該上床睡覺了，所以妳這小妞跑出來做什麼？」

「呃……我只是……呃……要去……你也知道嘛，」她慌張地說，「只是去看看我能不能把圖書館屋頂的破洞修好。」

「就是那個男孩炸破的洞？」蚯老大問道。

「你有看到我看到的？」鬧鬧問道，她興奮得喘不過氣。

「我全都看到了！他沖到天上，就像一顆……」

「隕石！」他們兩個同時說出來。

「我就說嘛！」鬧鬧大聲說道。「所以我沒有發瘋！」

「妳沒有啊，除非我們兩個都發瘋了。」蚯老大咯咯笑道。

「我當時在圖書館，看到了整個事情經過。那個男孩叫廖耙仔，是學校裡個子最小的學生。」

「然後呢？」

「他的屁股噴出火來！」

「聽起來很痛！」

「接著就咻地一聲升空了，然後就爆炸了！」鬧鬧解釋道。

蚯老大點點頭。「我有看到天空被火光點亮！」

「所以廖耙仔怎麼可能五分鐘後又回去留校察看呢？」

「是嗎？」蚯老大問道，然後一付若有所思的樣子。「也許這就是為什麼我會看到咕嚕命令船伕載他出海？」

「載他到廖耙仔落海的位置？」

「應該是吧！我衝出小屋想看清楚一點，但妳也知道那個工友……」

「是啊，我知道。」

「管閒事發現我在偷看，就命令我回小屋去。」

「所以他也參了一腳？」鬧鬧問道。

「參一腳什麼？」

「我也還不知道那是什麼。」

「我只知道這學校有很奇怪又見不得人的勾當正在進行。」他低聲道。

鬧鬧倒吸口氣。對方的眼神恐懼。

「你這話什麼意思？」鬧鬧追問道。

「我說太多了。」蚯老大回答。

「才沒有，你說的還不夠多。」

「妳得上床睡覺了。」

「不行，」鬧鬧大聲說道。「我必須花整晚把這件事查清楚。我要知道疑學博士究竟有什麼陰謀？」

「妳小聲點，」蚯老大嘶聲道。「要是他們發現妳在這裡，就不只是妳有麻煩了，連我也會有麻煩。」

「那就把你知道的告訴我……」

蚯老大一臉不安。「不好吧……」

「**才妙呢！**」鬧鬧反駁，聲音大到連蚯老大都緊張地擠眉皺臉。

「太危險了！」他懇求道。

「我喜歡冒險！」

「妳可能會撞見一些很嚇人的事情！」

「我喜歡被人嚇！」

蚯老大微微一笑。「如果妳膽子真的那麼大，那就跟我走吧！」

「**我膽子夠大啊**！好，我跟你走！不對，為什麼不是你跟我走？」

鬧鬧問道，同時踮起腳尖，讓自己感覺高一點。

園丁搖搖頭說道：「因為妳不知道我們要去哪裡。」

「太好了，」她回答。「那就走吧，你來帶路！」

隨後蚯老大帶著鬧鬧步下幾個石階，進入古堡最幽暗的深處……

25 隱形門

鬧鬧不是那種容易被嚇到的人，但在學校的地窖裡，嚇人的東西實在太多了：蝙蝠、老鼠、大如手掌的蜘蛛等等。

地窖裡很黑。鬧鬧直接撞進一面蜘蛛網，被它纏住。

「啊——」她感覺到一隻毛絨絨的巨大野獸爬上她的頭，忍不住大叫。

蚯老大把大蜘蛛從她頭上移開，然後說：「我的小可愛，不要害怕！」但這句話是對蜘蛛說的。

鬧鬧氣呼呼地大聲質問：「我們到底來下面做什麼？」

「晚上的時候，我常看到地窖這裡有奇怪的人進進出出。」

「是誰進來？誰出去？」她問道。

「我有看過那個自然科學老師，就是那個什麼疑學啊醫學的……」
「沒那麼多『學』啦！」
「疑學博士和她的助理咕嚕總是進進出出。他們來的時候會扛著很大的馬鈴薯袋，離開的時候卻沒有帶走……」
「袋子裡裝什麼？」
「我不知道。但那袋子的容量大到足以裝進一個……」
「小孩？」她問道。
這個答案可怕到蚚老大根本不敢再回話，於是他點點頭。
「我們必須查出他們在下面做什麼。」
這兩個人經過了好幾間地窖，而且一間比一間更幽暗、更潮濕。下面堆了各種廢棄物：破舊不堪的盔甲、老舊的油畫、半身銅像、地毯、甚至還有生鏽的加農炮，這些可都是殘酷學校當年還是一座古堡時所留下來的東西。但也有一些最近的廢棄物：只剩三支腳的課桌椅、一個破舊的玩具馬頭、一張上面有個人形破洞的彈跳床。

「我不認為有誰會下來這裡。」鬧鬧低聲道。

「噓！」蚯老大小聲道。「我聽到腳步聲。」

的確有腳步聲在地窖裡迴盪，而且不只一個人，可能有兩個人。

「不要動！」蚯老大低聲道。「蚯蚯，不要動來動去！」他對口袋裡的蚯蚓說道。

蚯老大和鬧鬧像雕像一樣動也不敢動，他們瞄見牆上有兩個人影晃過。那是疑學博士和咕嚕，咕嚕肩上扛著一只很大的馬鈴薯袋。但裡面裝的是什麼呢？或者說……裝著誰呢？

這兩人來也匆匆去也匆匆，隨即消失在視線裡。腳步聲停止了。前方是一大堵石牆，沒有看到門。可是疑學博士是往這個方向走啊！

「他們好像**憑空消失**了！」鬧鬧說道。

「直接消失在空氣裡！」

「如果你走這個方向，根本沒有路可以回到地面啊，只有我們剛剛走的那道石階才能通到上面啊。」

「小心隱形門！」女孩複誦道。「我房裡的一塊石板底下有寫這樣的文字！」

「隱形門？我在這個學校待了五十年，從來不知道學校裡有隱形門！」

「也許那是因為它是隱形的。」

「妳說得有道理。但如果它寫的是『小心隱形門！』，那我們就一定得小心點。」

「無聊！」鬧鬧說道。「我們來看看能不能找到它！」

她開始伸手在牆上四處摸索，尋找可疑的地方。這時，虻老大用一種奇怪的表情看著她，活像是在說妳很奇怪哦。可是當她的指頭摸到一塊鬆脫的石頭時，他的表情就跟著變了。

「你看！」她說道，同時轉動那塊石頭。「它會動！」

「這有什麼了不起，我的蚯蚓也會動。」

「這可能是什麼機關吧。」

女孩擺動著那塊石頭，一下子這個方向，一下子那個方向，一下子上，一下子下，不停地動來動去。就在她快要放棄時……

框啷！

那塊石頭竟像把手似地打開了牆上的一扇隱形門。

「哦，是這扇隱形門啊！」蚯老大撒謊道。「我**當然知道**有這扇隱形門啊！」

「你騙人！你鼻子會變長！」

原來這扇門的邊緣跟石牆的牆面完美貼齊，所以當它關起來的時候，根本就看不到。而門的後面就跟黑夜一樣暗。

「好吧，是妳發現隱形門的……做得好。現在我想我們兩個都該上床睡覺了吧。」蚯老大說道。

鬧鬧搖搖頭。「書呆子才會去睡覺！我們走啦！」

說完，

她就一腳

踏進

黑暗裡。

26

祕密洞穴

鬧鬧發現自己站在一道螺旋梯的頂端，它旋繞而下，深入一處很大的洞穴。梯子很長，單靠著洞穴牆上的火炬照明，她看到有人影在幽暗的下方處移動。

鬧鬧示意蚯老大跟她一起下去，於是他們躡手躡腳地步下長長的金屬梯，這時樓下的畫面也愈來愈清晰，那裡看起來就像是一間地底下的手術室。

有五、六個玻璃缸被排成一個半圓形，跟實驗教室裡那些裝著奇怪生物的罐子一樣，只是這裡的玻璃缸都是空的，但有一個除外。

廖耙仔就在玻璃缸裡。好吧，只是看起來很像廖耙仔，因為他正像顆隕石一樣不斷發出紅黃色的光。他變成怪物了！這頭怪物正在撞擊玻璃缸，看起來他是想逃跑，但是玻璃太厚，根本逃不出去。

碰！碰！碰！

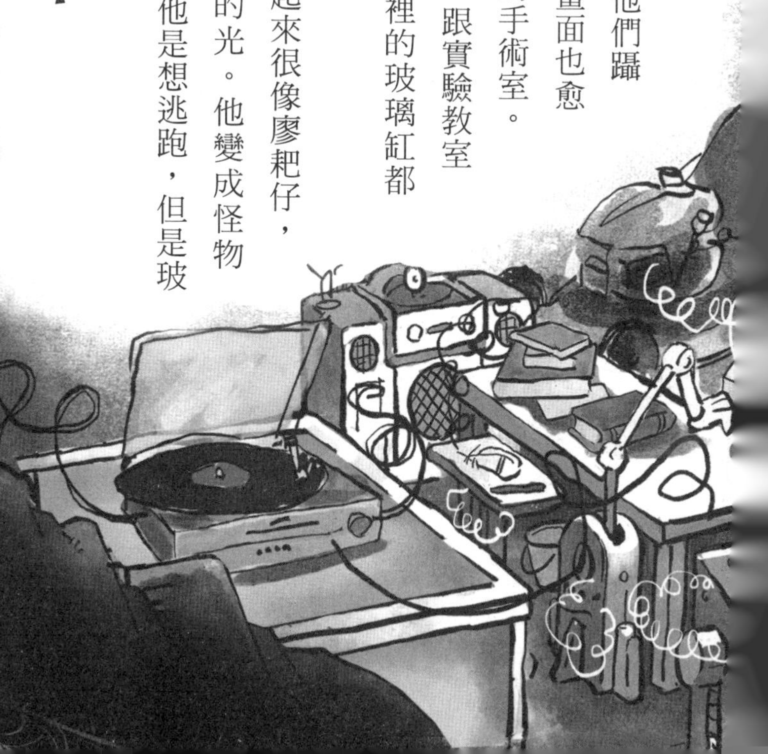

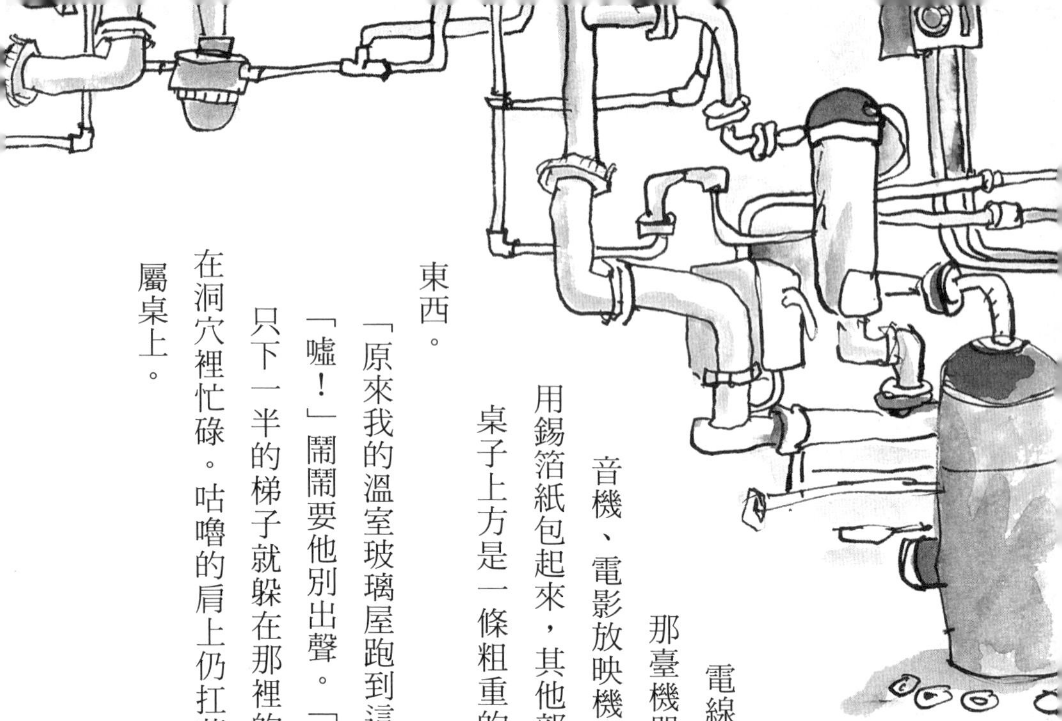

洞穴中央有一張超大的金屬桌，看上去很像是難嗑廚娘的廚房。一條很粗的皮繩橫過桌子中央，還有五顏六色的電線從桌子這頭蜿蜒接到一臺大機器上面。

那臺機器看起來像是自製的。因為它的零件有錄音機、電影放映機，甚至還有一臺除草機。其中有一部分是用錫箔紙包起來，其他部分則都用橡皮筋綁住。

桌子上方是一條粗重的鐵鏈，它吊著一樣東西。蚯老大認得那東西。

「原來我的溫室玻璃屋跑到這裡來了。」

「噓！」鬧鬧要他別出聲。「他們會聽到的。」

只下一半的梯子就躲在那裡的鬧鬧和蚯老大，發現疑學博士和咕嚕正在洞穴裡忙碌。咕嚕的肩上仍扛著馬鈴薯袋，後來才把裡頭的東西倒在金屬桌上。

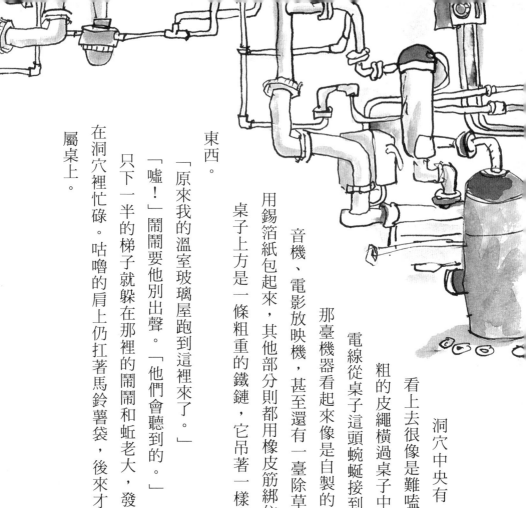

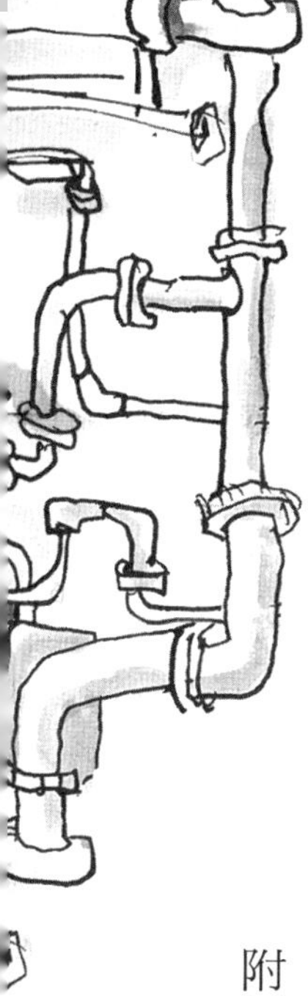

噗咚！

等到袋子從桌上拿開，鬧鬧這才看見倒出來的是什麼，或者應該說是誰。

「鄂愣子！」她嘶聲說道。

男孩動也不動地躺在桌上。

「噓！他們會聽到我們的聲音！」蚯老大低聲說道。

「哦，拜託告訴我他還活著！」鬧鬧慌張地說道。

蚯老大低下身子打量。「沒死，他還活著。妳看，他還在呼吸。」

鄂愣子的胸口上下起伏。男孩還活著！

「他們為什麼要把鄂愣子帶到下面來？」她問道。

「我不知道，」蚯老大說道。「但我想我們很快就會知道了。」

「跟我來，」鬧鬧說道，同時躡手躡腳地朝樓梯下面走去。蚯老大搖搖頭，但還是不大情願地跟上。

附近有個工作臺，那裡是綜合

實驗的大本營，裝著各種彩色液體的試管和燒杯在本生燈的火焰上方嗡嗡作響。鬧鬧和蚯老大就蹲在它們後方，隔著那些冒泡的藥水偷看。

「他們要對鄂愣子做什麼？」鬧鬧低聲問道。「是要動某種手術嗎？」

「我不知道。」蚯老大回答。

「他曾告訴我，如果被送去疑學博士那裡**留校察看**，出來之後就會變了一個人。看那個可憐的廖耙仔就知道了。」

「好可怕哦！」

咕嚕用皮繩把鄂愣子固定在金屬桌上，接著快步走到鐵鏈那裡，把玻璃屋放下來蓋住男孩。

「**不要太快！**」疑學博士喝斥道。

咕嚕放慢動作，玻璃屋**匡**地一聲落在地上，罩住金屬桌。

框啷！

「有封好嗎？」自然科學老師問道。

咕嚕用肥短的手指沿著玻璃屋的底部邊緣摸了一圈，然後向他的老板點點頭。

「很好，咕嚕。」她說道，「現在打開力場。」

咕嚕拉了一根橫桿，然後……

滋滋滋！

眼前就像是玻璃屋外面有閃電在飛舞一樣。要不是這幅景象可能會要人命，看上去其實還蠻漂亮的。

疑學博士走到機器那裡。

「喔，我的**怪物合成機**！」她低聲軟語地說道，同時抱著它好一會兒。

「什麼是**怪物合成機**？」蚯老大問道。

「一定是一臺可以把人變成怪物的機器。」鬧鬧揣測道。

疑學博士戴上護目鏡和一雙厚厚的黑色橡皮手套，然後打開機器上

的一個艙門，接著用鉗子把一個紅通通又熱呼呼、看起來活生生的東西夾出來。

「她拿的是什麼啊？」蚯老大從櫃臺後面小聲問道。

「看起來很像是……」鬧鬧開口道，「一塊隕石！」

「在疑學博士的實驗教室裡就有一大塊。」

「我就知道！一定是上次的實驗……利用廖耙仔做的那個實驗！他們把他變成了隕石！」

「這間學校的稽查看來永遠不會合格。」園丁嘟囔道。

就在這時，自然科學老師突然站定不動，豎耳傾聽。「咕嚕，你有聽到什麼嗎？我發誓我有聽到怪怪的聲音。」

鬧鬧和蚯老大立刻像雕像一樣不敢動。被發現了嗎？

「你聽！」疑學博士低聲說道。「是有別人跑進我的洞穴嗎？」

「**哦！哦！**」咕嚕咕嚕道，意思是沒有。

「你呢？魔神仔？你有聽到什麼嗎？」

蹲在實驗室助理頭上的貓張開牠的獨眼，嗅聞空氣。

嗅嗅！嗅嗅！

鬧鬧和蚯老大連大氣都不敢喘。

魔神仔搖搖頭。

「那應該是迴音吧。」疑學博士輕笑道。「好吧，咕嚕，我們的實驗起步時雖然失敗多次，但現在總算快成功了。廖耙仔是我們製造出來的第一個怪物！**隕石人！**但是我們要把什麼用在鄂愣子身上呢？」

她走到附近一個櫃子旁邊，上面有牌子寫著：

珍奇收藏品之櫃

這是一個很高的木櫃，上面好像有一百個小抽屜，每個抽屜都有張標籤，但從鬧鬧和蚯老大的藏身處遠遠望過去，根本看不到標籤上寫什麼。

「『S』的抽屜在哪裡？」疑學博士自言自語道，那雙豆子眼掃過所有小抽屜，直到找到她在找的那一個。接著她從抽屜裡拿出一只罐子，裡面有個滑溜溜又黏糊糊的東西在蠕動。尺寸跟咕嚕的姆指一樣大。

「完了！」鬧鬧小聲道。「她要把鄂愣子變成……**鼻涕蟲！**」

27

怪物合成機

疑學博士用戴著手套的手拿起金屬鉗，再伸進罐子裡。她把黑色鼻涕蟲夾出來，先是得意地笑了笑，然後才放進**怪物合成機**裡。她忙不迭地關上門，以防牠偷偷爬出來。

鬧鬧和蚯蚓仍躲在冒泡的藥水後面偷看，這時疑學博士對咕嚕點個頭，後者也跟著點點頭，就伸手去拉一根桿子。

這時地板上一塊很大的圓形石板滑了開來。

砰！

洞穴隨即被紅光和金光照亮。

「完了！」虻老大嘶聲道。

「怎麼了？」鬧鬧低聲問道。

「是火山！它不是死火山！它是活火山！」

熔化的岩漿正在那個圓洞裡頭沸騰。

「什麼意思？」鬧鬧嘶聲問道。

「它可能隨時爆發。」

咕嚕拿起一根跟**怪物合成機**連在一起的管子，將它放進岩漿裡。

「現在我們有岩漿能量了！」疑學博士大聲說道。「讓我們開始合成怪物吧！」

她按下一顆很大的紅色按鈕，**怪物合成機**居然就嗡嗡作響地活了過來。現場發出各種**呼呼**、**嗶嗶**、和**嘩啦啦**的吵雜聲響。

突然間，鄂愣子的身體隨著能量的灌入開始震動。

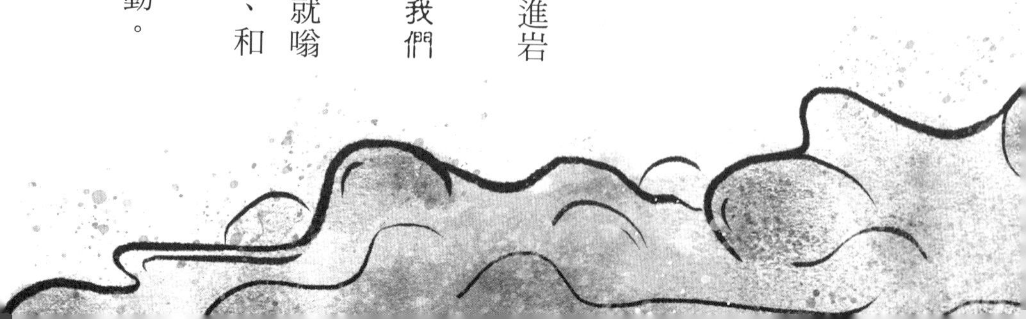

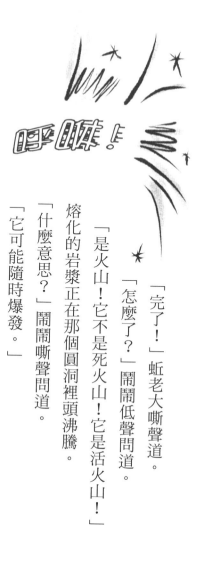

「我們必須阻止他們！」鬧鬧大喊。
怪物合成機的噪音大到就算她用喊的，也只有蚯老大能聽到。

「來不及了。」他回答。

「不行，我一定要救鄂愣子！」

鬧鬧從藏身處跳起來，但馬上被蚯老大拉回去。

「如果他們發現你在這裡，你想他們會對你做什麼？」他說道。

「可是我必須救他！」

「我不能讓妳去。」蚯老大說道，同時緊緊拉住她。「太危險了。」

鬧鬧沉默不語。她緊閉雙眼，不忍看她的朋友受苦。疑學博士轉動**怪物合成機**上面的刻度盤。

刻度盤上面寫著：

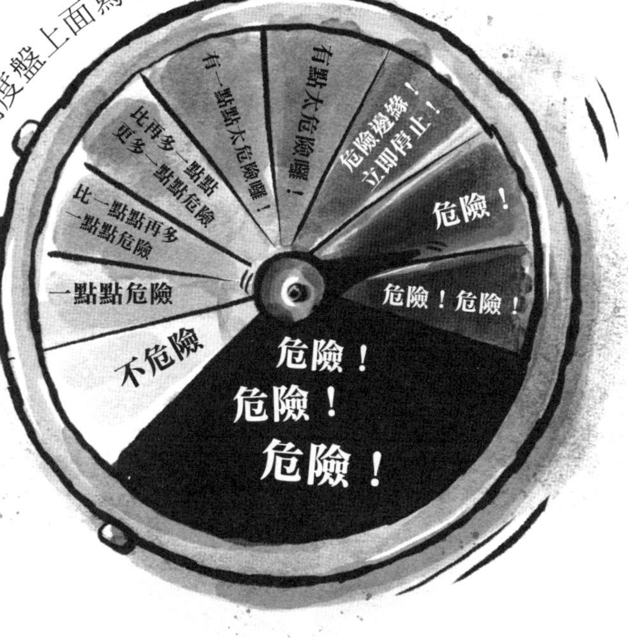

有那麼一瞬間，**怪物合成機**引起的騷動似乎要讓整個洞穴都塌下來了。

然後……

突然出現**大爆炸**。

火星到處噴飛。

滋滋！

火炬上的火也被吹熄。

岩漿上方的圓形石又滑回原位。

砰！

所有聲響頓時停了，一片寂靜，一片黑暗。

「咕嚕，拿蠟燭來！」黑暗中有個聲音喊道。

那是疑學博士。「我要蠟燭！」

「**哦！**」有人回答。

接著出現腳步聲，然後她又喊道：「我的老天，

我是要點亮的蠟燭！」

幽暗中傳來擦火柴的聲響。蠟燭被點亮了。現在疑學博士終於可以檢視她的最新創作了。她把燭火往男孩移近。

雖然用「男孩」這兩個字，但鄂愣子已經不再是個男孩了。

他成了某種怪物。

一頭**鼻涕蟲怪！**

28 鼻涕蟲怪

這頭怪物半是男孩，半是鼻涕蟲。它有男孩的臉，鼻涕蟲的身體。

「**鼻涕蟲怪**！我目前為止最偉大的創作！」疑學博士大聲宣布，「甚至比隕石人還要厲害！」

「**哦！**」咕嚕咕嚕道，他咧開嘴露出讓人覺得毛骨悚然的笑容。

這頭怪物在金屬桌上不停蠕動，發出可怕的咯咯叫聲。

「咯咯咯咯！」

鄂愣子不見了，取而代之的是一種保證會害你做惡夢的可怕生物。

躲在藥水後方的鬧鬧終於忍不住。「不——」她對著這幅恐怖的景象放聲大叫。

「噓！」蚯老大要她別出聲。

但來不及了。這兩個壞蛋已經聽見。疑學博士的眼睛閃著邪惡的光。

「咕嚕！」她大聲喊道。「快！」

「哦！」

這個總是默不吭聲的助理知道如何處理。他點個頭，隨即猛拉鐵鏈，玻璃屋瞬間被拉上天花板。

框啷！

「把**鼻涕蟲**放出來！」

「**哦！**」

助理趕忙解開那條綁住怪物的皮繩。怪物馬上從金屬桌上滑下地板。

「**鼻涕蟲怪！**把闖入者找出來！」疑學博士下令道。「快去！」

鼻涕蟲怪立刻聽命，開始繞著洞穴爬行，所經之處，都留下銀色黏液。

怪物離鬧鬧和蚯蚓越來越近，他們兩個待在原地不敢動，也不敢出聲。兩人就蹲在工作臺後面，但怪物已經用它的觸鬚嗅出他們躲在哪裡。它張大嘴巴準備開咬。

「啊！」鬧鬧放聲大叫，用盡力氣去推工作臺，蚯老大也跟著推。工作臺當場翻倒，裝著冒泡藥水的試管和燒杯全都摔在地上。

滋～

碰！

砰！

「咕嚕！」怪物大叫，退了回去。

「誰躲在那裡？」疑學博士吼道。

「快把工作臺推過去！」鬧鬧低聲說道。

工作臺側倒在地，女孩靠著蚯老大的幫忙，才有力氣移動它，讓它橫過地板，擋住咕嚕的去路。

咚！

「**哦！哦！**」咕嚕咕嚕道，意思是「不！」咕嚕的語言真的太簡單了。只有當他「哦」三聲的時候，才會有點複雜。他當場就被工作臺絆倒，跌在地上。

噗咚！

「**哦！哦！哦！**」他咕嚕道。至於這是什麼意思，只能用猜的了。不過咕嚕聽起來不是很高興。

「我們快趁機逃跑！」鬧鬧嘶聲說道。

她火速抓住蚯老大的手，衝回螺旋梯。

踏！踏！踏！

「**鼻涕蟲怪！**」疑學博士下令道。「**追上去！**」

「**咕嚕！**」鼻涕蟲發出咕咕聲回答。

「那條大鼻涕蟲爬不上樓梯的！」蚯老大說道。

「不要回頭看！快跑！」鬧鬧厲聲喊道。

可是等他們跑上樓梯時，她才注意到洞穴牆面上的銀色黏液。

「完了！」她大聲說道。

鼻涕蟲怪使出它的超級吸力吸住牆面。沒過多久它就跑贏他們了，或者應該說滑贏[5]他們吧，然後在樓梯頂端那裡等他們自投羅網……

「你猜鼻涕蟲和蝸牛誰跑得快？鼻涕蟲，因為不用背著殼跑！」

「現在不適合講冷笑話！」蚯老大大聲說道。

鬧鬧往下看。疑學博士正在樓梯底部等著抓他們。

「你們逃不掉的，不管你們是誰！」自然科學老師冷笑道。

「我們被困住了！」蚯老大說道。

「一定還有別的出路！」鬧鬧說道。

她腳下的**鼻涕蟲怪**張開嘴巴，咯咯出聲。

「**咕嚕！**」

「這玩意兒想吃了我們！」蚯老大嘶聲道，同時膽怯地退後一步，躲到鬧鬧後面。「妳先請！」

「我朋友一定還在它身體裡面！」她回答道。

鼻涕蟲怪開始朝她滑過來。

「你不是怪物！」鬧鬧開口道，儘管她打從心底感到害怕，但還是盡量語氣冷靜地這樣說道。

5 這是一個你在一般字典找不到的字，只有**威廉大辭典**才有收錄……它也收錄了其他十億個很蠢的字。

她的心跳快到她幾乎喘不過氣來。

怪物的觸鬚不停抽動。

「你的名字叫做鄂愣子，你是我朋友。為什麼呢？不知道！」

觸鬚又在抽動。鬧鬧慢慢朝怪物伸出她的手。

「小心點！」一躲在她後方的蚯老大低聲說道。

她的手指碰觸鼻涕蟲怪的一根觸鬚輕輕搓揉。怪物的表情似乎軟化了。

「鄂愣子，拜託你讓我們過去。」她低聲道。

「**毀了他們！**」一疑學博士一邊跑上樓梯，一邊喊道。後面跟著氣喘吁吁的咕嚕。「**鼻涕蟲怪**，你是我創造出來的，所以我說什麼你就做什麼！立刻毀了他們！」

怪物抬起頭。不管它的表情曾釋出什麼善意，此刻全煙消雲散了，改換上一付邪惡的面孔。

「**咕嚕！**」它發出咯咯聲，然後撲向鬧鬧。

「**啊！**」她放聲尖叫。

29 午夜

蚯老大及時拉開鬧鬧，抓住她的手，從**鼻涕蟲怪**的頭上甩了上去……

……然後他也跟著跳過去。

怪物朝鬧鬧大口一咬，咬掉一隻靴子。

「噢！」

它吐掉靴子，靴子便滾下樓梯。

「我的靴子！」她嘶聲喊道。

「別管靴子了！」蚯老大說道。

就在**鼻涕蟲怪**撲向他們的同時，蚯老大及時關上身後的門。

鬧鬧和蚯老大頭也不回地往前急奔，穿過古堡地窖，最後終於跑到外面的中央庭院，才停下來喘口氣。

「我自己是有看過超大的鼻涕蟲啦，」蚯老大開口道。「但這個的體型大到打敗天下無敵手！」

「說個笑話好了，鼻涕蟲是什麼？就是無殼蝸牛啦！」鬧鬧說道。「好了，我們必須在疑學博士和咕嚕把更多小孩變成怪物之前阻止他們。」

砰！

濃霧開始籠罩小島。

「這真是一個驚險刺激的夜晚，對不對，蚯蚯？」蚯老大說道，同時掏出口袋裡的蚯蚓，親吻牠其中一端——希望他吻的那一頭是對的。「不過蚯蚯和我最好還是先回小屋去睡個覺吧。晚安！」

「睡覺！」鬧鬧大聲說道。

「噓！妳會吵醒整個學校的！」

「睡覺！」她大聲說道，但這次有比較小聲一點，只是還沒達到蚯老

「現在幾點了？」他回答，同時抬頭望向那隻被綁在塔樓上的鵜鶘。管閒事又在用拖把戳鵜鶘了，於是牠嘎叫了十二次。

「嘎！嘎！嘎！嘎！嘎！嘎！嘎！嘎！嘎！嘎！嘎！嘎！」鬧鬧和蚯老大躲在暗處，以免被工友發現。

「叫了十二次，所以是午夜了！」蚯老大低聲說道。

「現在我真的覺得自己成了灰姑娘。」

「為什麼？」

「我靴子掉了，而且現在是午夜。嘿，你知道為什麼灰姑娘參加賽跑總是輸嗎？」

「我不知道，但我有預感妳會告訴我。」

「因為她掉了一隻鞋，跑不快。」

蚯老大笑得很沒勁。「這個沒那麼好笑。」

「有關灰姑娘的笑話我只知道這個。萬一疑學博士和咕嚕找到我的靴子，那怎麼辦？」

「那個洞穴很暗欸。」

「可是萬一他們找到呢？」

「這個嘛……」

「要是他們找到了，就會知道是我去了地窖。」

「我們不能回去找靴子，現在絕對不行。」

「不行。」

「太危險了，我們早上再來好好計劃。現在已經過了我的、妳的、和蚯蚯的睡覺時間了。晚安！」

園丁轉身要走，但是鬧鬧無法接受。

「站住！」女孩說道。她雖然只有十二歲，但如果她想要，還是可以很咄咄逼人。蚯老大停下腳步。

「我一直很想知道，這間殘酷學校究竟是誰在負責？」

「校長啊，以前是，以後也是啊。從我還是一個不知天高地厚的小伙子來這裡報到的第一天起，就是由她在負責管理學校啊。」

「那我們去找她！」

「去找教授？」他問道。那語調似乎暗示這是他這輩子聽過最荒謬的提議。

「沒錯！」女孩回答。

「可是已經有好幾年都沒有人看到教授了。」

「為什麼？」鬧鬧問道，覺得不可置信。

「沒有人曉得，不過教授的辦公室門口一直掛著一塊

的牌子。所以沒有人敢去打擾她。」

「告訴我她的辦公室在哪裡。我現在就要去打擾她，告訴她發生了什麼事！」

「現在是午夜！妳想被留校察看嗎？」

鬧鬧的背脊起了一陣涼意。「不想。」

「那我們就早上再去吧。」

「你答應我囉？」

「我答應妳。可是那扇門總是鎖著。萬一她不應門，那我也沒辦法，到時我們就沒輒了。」

「誰有鑰匙？」

「那把銅製鑰匙很舊，比其它鑰匙都大。管閒事應該有吧。」

「**太好了！**」

「**『太好了』**是什麼意思？」

「沒什麼意思啦。」

「小姐，別讓自己惹上麻煩。」他拜託她。

「我才不會呢！」她愉快地說道。

蚯老大搖搖頭，**一臉絕望**。

30 消失的小屋

「嘎！」

鶉鶥放聲大叫，表示殘酷學校又要開始可怕的一天了。鬧鬧躺在床上，豎起耳朵等待工友和他那**叮叮咚咚**的鑰匙聲。她一聽見那聲響出現在廊間，便立刻從床上跳了起來。

管閒事打開鬧鬧房間的門鎖，開門站在門口，那一大串鑰匙就掛在他的皮帶底下。

叮啷！叮啷！

鬧鬧抓住機會，直接衝向工友，緊緊巴住他的大腿。她的眼睛正對著吊掛鑰匙的位置。

「妳在搞什麼啊？」他吼道。

「謝謝你，你是這世上最棒的工友！」她大聲說道。

「放開我！放開！快放開！妳到底有什麼毛病啊？」

「我沒有毛病！我只是覺得你需要有人擁抱，你需要有人告訴你，你在這裡的工作表現有多棒，讓我們這些小孩都覺得**非——常**受到歡迎。」

「我不吃妳這一套！」

然後鬧鬧就像剛剛的突兀動作一樣瞬間放開他，往後退了一步。

「再見！」她說道。

「妳說再見是什麼意思？」

「你現在可以走了，再見！」

「妳真是神經病！」

「你人真是**太——好**了！」

那女孩的其中一隻手正緊緊握拳。

當她走出房門時，臉上綻出**神祕的微笑**。

接下來，她沒有加入那群正要進入食堂的學生，反而脫隊去找虹老大。可是當她到了他的小屋那裡時，才驚覺夜裡出了大事。

小屋不見了。

它原本棲坐在懸崖邊緣，但現在不見了。

她低面望著地面，依然看得到它在當初棲坐在地面上的痕跡。

「小屋不可能**憑空消失**！」

她自言自語道。

鬧鬧在懸崖邊緣往下探看。

令人驚恐的是，她居然瞄到很多碎裂的木塊散落在下方的礁岩上。下面很深，距離至少有兩、三個足球場那麼

遠。小屋在撞擊的當下一定就炸開了。如今殘酷的大海正在吞蝕它的殘骸。

唰！

任何人從這麼高的地方掉下去，都不可能倖免於難。

黎明的太陽正從海面上升起，淚珠在女孩眼裡打轉。

「不，太可怕了，我再也受不了了，為什麼連可憐的蚯老大也遭殃！」

「妳在叫我嗎？」一個聲音從她後方傳來。「要我幫忙嗎？」

「啊——」她放聲尖叫，往後一彈。

是蚯老大！但是鬧鬧往後彈得太遠了，一個重心不穩，就要跌下去，她像隻剛長大的小鳥第一次離巢起飛那樣，慌張地胡亂揮動手臂。

「救命啊！」她大喊，感覺自己就要摔下去了。

還好蚯老大及時伸出髒兮兮的大手，一把拎住鬧鬧的衣領。

「抓住妳了！」他大聲說道。

他慢慢地把她拉到安全的地方。

等到他們離懸崖邊幾步遠之後，女孩才開口說：「我還以為你死了！」

「我也以為妳死了！」對方這樣回答。

「我們兩個都還活著！」

「只是現在還活著。」

「你的小屋怎麼了？」

「呃……」園丁開口道。「蚯蚯通常晚上都需要出去尿尿。」他把他的寵物蚯蚓從口袋裡摸找出來。「有時候牠一個晚上會叫醒我三、四次。所以還蠻幸運的，我那時剛好帶蚯蚯出去到那邊的灌木叢讓牠尿尿，妳應該懂吧，牠需要一點隱私……但我也不能離太遠啊，因為我要幫牠確認沒人在偷看！」

女孩翻了個白眼。這男的瘋了！

「然後我就聽見我的小屋掉下去砸到礁岩的聲音，我所有的貴重物品都在屋裡。」

「哦，你好慘。你有什麼貴重物品？」

「我喝茶用的馬克杯。」

「還有其它的東西嗎？」

蚯老大想了一會兒。

「沒有了。」他回答。

「哦，所以你的馬克杯也破了。」

「我的馬克杯本來就破了，把手早就斷了。不過現在是一點希望也沒了……」他嘟囔道，同時從懸崖邊緣往下探看。

「哦，可憐的馬克杯。妳昨晚有看到誰在這裡嗎？」

「你忘了昨晚有濃霧嗎？所以沒看到誰啊。」

「可是小屋怎麼可能自己掉下去？」

「也許起了一陣怪風？」

「或者是某種更邪惡的東西！」鬧鬧說道。「走吧，我們別再浪費時間了。我們直接去找校長，把所有事情都告訴她！」

「妳的靴子怎麼辦？」
「先別管靴子了，」鬧鬧說道，然後光著一隻腳一拐一拐往前走。

31

請勿打擾

校長辦公室藏在其中一座很高的塔樓上面。蚯老大和鬧鬧悄悄地爬上通往頂樓的石階，一路上不停閃躲老鼠。而且就像蚯老大說的，校長門口真的掛著一張牌子，上面寫著：

這牌子掛在那裡已經久到都積了一層厚厚的灰。

「我確信它是在告訴我們不要去打擾。」蚯老大低聲道。

「我知道！」鬧鬧厲聲回答。「可是這牌子看起來已經掛在門口幾十年了，也該是時候有人去打擾她了！對了，為什麼她也姓疑學？」

「疑學教授是疑學博士的媽媽啊！」

「所以她女兒才會在這裡工作？」

「沒錯。」

「為什麼疑學博士不自稱教授？」

「這樣會有兩個疑學教授啊。」

「我知道很多醫生醫生的笑話，不過我從來沒聽過教授教授的笑話。」

「媽媽當上了教授，但女兒只念完博士而已。」

「所以她必須被稱為疑學博士！」

「好了，如果妳真的很想很想的話，就去敲門吧，」蚯老大說道。

「我會等在那個角落，以防她真的真的真的很不想被打擾。」

「你是在這裡工作的！你可以去敲門！」鬧鬧說道。

「我不要敲！」

「總有人得去敲啊！」

「對啊，就是妳啊！」

鬧鬧沮喪地嘆口氣。「嗯……」然後過了一會兒，她突然提議道：「我們兩個一起敲門，好不好？」

「這主意不錯！」蚯老大大聲說道。「妳先請！」

「不行，我們一起。一、二、三！敲門！」

叩叩叩！

過了半秒，蚯老大嘶聲道：「教授不在裡面。走吧，我們走了！」

「我們應該進去找她。」

「不行，我們不應該進去，何況也進不去，我們沒有鑰匙！」

鬧鬧微微一笑，打開手心。「有，我們有鑰匙！」

那把很大的銅製鑰匙就在她那滿是汗水的小手掌裡。

「妳從哪裡拿到的？」他質問道。

「我……呃……跟管閒事**借**的。」

「**借**的？」

「對啊，我絕對不會用偷的。等到有機會，我再還給他。」

鬧鬧不想浪費時間了，她直接拿鑰匙打開那扇木門。

卡塔！

咿—歪—

門緩緩打開，一間書房映入眼簾，看起好像被白雪覆蓋著，但其實那不是白雪，而是厚厚的灰塵和蜘蛛網。

「好嚇人哦！」鬧鬧低聲道。

就在這時候，一隻蝙蝠直接朝她的臉飛撲過來。「啊！」

「啊！」她大喊，蝙蝠拍翅從她旁邊掠過，竄出書房。

「我們走了啦！」蚯老大嘶聲道。

「走？我們才剛來欸！」鬧鬧回答。

她隨即踮起腳尖，繞著這間辦公室轉。這裡有成堆成疊的文件，還有一幅古老的油畫，畫裡是微笑的教授和苦著一張臉、還是小女孩的疑學博士，另外還一個用來呈現太陽系的地球儀，鬧鬧覺得這玩意兒超級酷。

沙沙沙！

「噓！」她噓聲道。

「什麼？」蚯老大嘶聲回答。

「我有聽到聲音！」

「可能是老鼠吧！」

這時一個鬼魅般的聲音不知道從哪裡傳了出來。「不是老鼠！是我！**我是疑學教授！**」

32

抽屜裡的女士

鬧鬧和蚯老大嚇得全身發抖。校長變成鬼了嗎？

「妳在哪裡？」女孩大聲喊道。

他們在書房裡到處都找不到她。

「我在這裡！」那個聲音說道。

「哪裡？」鬧鬧追問。「我們到處都找不到妳啊！」

「這裡！」

這時候出現敲打聲。

拍！拍！拍！

「我在儲藏櫃裡！」

不是每間學校都可以在儲藏櫃裡找到校長。不過話說回來，殘酷學

校可不是一般學校。

校長辦公室裡的其中一側有一個很高的木櫃，它有二十六個抽屜，每個抽屜依照英文字母分類。鬧鬧和蚯老大逐一打開。大部分的抽屜都都裝滿文件，看起來好像也只是隨便塞進去而已。考卷、成績單、和課程表全都在沒有歸檔的情況下胡亂塞在裡面。

只是其中一個抽屜裡面會有一位老太太！所以要找到是哪一個抽屜，就是一門學問了。

他們一邊找，一邊那個校長出聲指揮。

「上面一個抽屜！下面一點！是左邊啦！再左邊！右邊！對！不對！對對對！很好很好！太好了！太好了！」

最後鬧鬧終於找到那個抽屜。她一拉開，就看見一個滿臉皺紋、滿頭白髮的老太太因為光線而眨著眼睛。

「見到妳真是太開心了！」校長愉快地說道。她把她那顆乾枯灰白的頭顱從一堆文件裡伸出來，活像那堆破舊的成績單就是她的被褥。

「妳是新來的女生嗎？」

「是的，教授，非常新！」鬧鬧回答。「希望妳不介意我請教妳一件事，妳在抽屜裡做什麼？」

「我不知道耶，」她回答。「我只記得我在打瞌睡，時間八成過得很快！到底有幾年了？」

「教授，我們已經有十年的時間沒見到妳了。」

蚯老大輕笑說道。

「哦，哈囉，蚯老大！我剛沒看到你。好吧，這瞌睡打得可真久！」

鬧鬧和蚯老大全都露出懷疑的神情。

「希望你們不介意幫忙一個老太太爬出來。」教授說道。

「當然不介意！」鬧鬧回答。

她小心翼翼地扶起這位老到無法想像的老太太，讓她從抽屜裡出來，活像是在處理一件極為珍貴的古董。就某方面來說，這位老太太也的確是個古董。她搞不好還是個落地式大掛鐘，因為他們在幫忙抬她的時候，鬧鬧又聽到那熟悉的**滴答**聲。

滴答！
滴答！
滴答！
滴答！
滴答！
滴答！

「今天真是美好的一天，所以我該怎麼答謝你們兩位呢？我能幫忙什麼嗎？」

「呃……我不知道要從哪裡說起……」鬧鬧慌張地說，同時望向蚯老大，希望他幫忙說點什麼。

可是園丁緊閉嘴巴。

「就從最開始的地方開始說起吧！好欸！好欸！教授最喜歡聽故事了！」

「好吧，那我就先從一個爆炸的男孩開始說起……」鬧鬧開口道。

她很快地說了一遍目前為止發生過的事。廖耙仔衝破圖書館的屋頂飛了出去。學校地底下的祕密地窖。**怪物合成機**。**鼻涕蟲怪**。蚯老大的小屋被推下懸崖。這一切聽起來好像都很荒誕不經，但全是真的。

最後她做了結論。「教授，這也是為什麼我們要來找妳。我們一定要趕快幫忙這些可憐的孩子，免得來不及。」

「妳說得對！一定要做點什麼！現在就做！」教授大聲說道。

老太太讓自己站了起來，但她有一條腿居然掉了下來。

框啷！

「我不知道妳有裝義肢欸！」蚯蚓說道。

「我也不知道啊。」教授回答。

蚯蚓和鬧鬧互換了擔心的眼神。

「妳要我們幫你把義肢裝回去嗎？」鬧鬧問道。

「不用，不用，不用麻煩了。只要把它塞回抽屜，這樣我就不會被它絆倒了。」

蚯老大聳聳肩，照教授的吩咐做。他拿起那根金屬腿，把它放進櫃子裡。

「我把它放在代表腿的L字母抽屜裡哦！」他好心說道。

「蚯老大，謝謝你。好了，這位小姐，」教授繼續說道，「妳告訴了我**殘酷學校**所發生的這些事情，尤其是我女兒疑學博士還參與其中，這實在太令人震驚了！」

「我們該怎麼辦？」鬧鬧問道。

「先噴灑一些鼻涕蟲驅蟲粉吧！」

「它是一條超大的鼻涕蟲欸！」蚯老大說道。

「那我們就需要超大罐的鼻涕蟲驅蟲粉！」

「我們不能這麼做！他是我朋友！那妳的女兒呢？」鬧鬧問道。「很抱歉我必須說這一切的背後主使似乎是妳女兒！」

「我會用嚴厲申斥裡頭最嚴厲的那一種來教訓我女兒！現在你們兩個快

走吧，但記得要守口如瓶哦！」

「我沒有帶瓶子啊。」蚯老大說道，同時摸摸自己的口袋。

「我意思是『不要告訴任何人』。好了，出去的時候順便關上門！

掰了！

掰了！

掰了！

掰了！

掰了！」

33

臭臭馬戲團

離開校長辦公室的鬧鬧和蚯老大反而變得更一頭霧水。

教授為什麼要睡在抽屜裡？

她怎麼會不知道她有裝義肢？

為什麼她反覆不停地說**「掰了」**？

「你覺得她真的會教訓她女兒嗎？」他們正原路回去，沿著迷宮般的石階和走廊往下走，這時鬧鬧趁機問道。

「教授向來是個 好好小姐，」蚯老大回答。「我不認為她有參與這件事。她總是希望這間學校可以幫助像我這樣的小孩改正行為，再送我們回家。」

「所以究竟出了什麼問題？」

「自從她女兒來這裡之後，一切就都不對勁了。」

「嘎！」鵜鶘的叫聲又從塔樓那裡傳來。

「妳得趕快去上妳的第一堂課，不然一定會有人問起……」

「只穿一隻靴子去？要是我碰到疑學博士或咕嚕怎麼辦？」

「我們可以在半夜時分展開一場靴子救援行動。但現在妳可以先借穿我的一隻靴子。」蚯老大說道。

「你人真好！可是尺寸很不合耶，不是嗎？」她說道，同時低頭看了看她那隻很小的棕色靴子和他腳下那雙奇大無比的長筒雨鞋。「搞不好會更讓人起疑。而且靴子也沒有我的朋友鄂愣子來得重要。我們要救援的應該是他才對！」

「他已經變成一條巨無霸鼻涕蟲了！不可能救得了他！」

「沒有什麼事是不可能的！」鬧鬧說道。「我們今天晚上就約午夜碰面吧。」

「好吧，如果一定要碰面的話。」他嘟囔道。

「一定要啊！晚點見！」

說完，女孩就跳下石階。但是她雙腳才一落地，就覺得自己好像踩到什麼怪怪的東西。於是低頭一看，居然發現自己踩在一張繩網上。然後網子迅速被抽拉到空中。

「啊！」她放聲大叫。

她低頭一看，發現管閒事雙手抓住繩索的末端。

叮啷！叮啷！那是他那一大串鑰匙的聲響。

「我做了什麼？你為什麼要這樣對我？」鬧鬧哀求道。

「妳以為妳可以偷我的鑰匙？」他說道。

「我不知道你在說什麼。」她撒謊道。

「妳說謊！」

「在說謊這種事情上我從來不說謊！」鬧鬧回答。

這句話聽在工友耳裡，竟腦袋一時轉不過來。

「我那把教授辦公室的鑰匙呢？」

「我不知道，」她回答。「你有沒有去失物招領室找過？」

管閒事把困住女孩的網子整個拋到肩後，扛在身上。

「你要帶我去哪裡？」她追問道。「我要去上急婆老師的嘎巴語課，我不想遲到。」

「我們先去失物招領室找那把鑰匙，搞不好還會找到其他什麼遺失物品，不是嗎？」

「我不懂你在說什麼。」

「哦，我想妳懂。」

鬧鬧害怕地倒吸口氣。

他們很快來到**失物招領室**。

管閒事打開門，他的肩上仍扛著被困在網子裡的鬧鬧。他一腳踏進幽暗的房間。這個房間真的有夠臭。這家學校本來就是個臭臭馬戲團，這裡更是奇臭無比：

「就這些吧，」管閒事開口道。

「我怎麼都沒看到教授的鑰匙呢?!」

「可惜找不到！好了，我們走吧！」

「妳不想找妳那隻不見的靴子嗎？」

管閒事揶揄道。鬧鬧從他的語氣裡聽得出來，他其實從頭到尾都知道內情。

「什麼不見的靴子？」

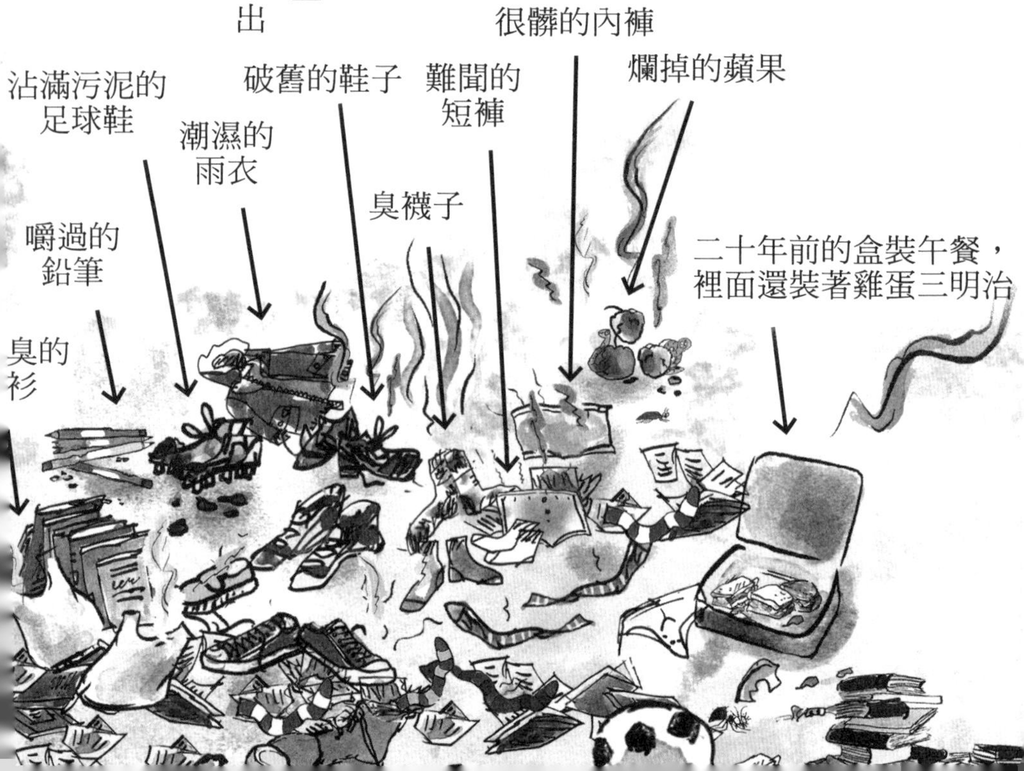

「就是妳腳上少掉的那隻靴子啊。」

「哦，原來如此！」鬧鬧佯稱道。「不是啦，我穿一隻靴子也能走。事實上我喜歡只穿一隻，這可以讓我的襪子透透氣。」

管閒事自顧自地笑了起來。

「你笑什麼？」她問道。

「因為我想妳的靴子已經被找到了……」

這時**失物招領室**的暗處傳來一個聲音。「**哦！**」

鬧鬧不管走到哪裡，都一定認得那個聲音。

是咕嚕！

他手裡拿著她的**另一隻靴子！**

34 小腳症候群

接下來鬧鬧只知道還在網子裡的她被咕嚕硬生生拉走，拖到了科學實驗教室。

疑學博士正在那裡等她，整個人剛好被完美框在那幅彩色玻璃自畫像的前面。

「看看是誰來了……」自然科學老師輕笑道。「看來有人曾經三更半夜地下床跑出來。嘖！嘖！嘖！」

「不是我！」鬧鬧撒謊道。

「那我們就來看看，要是這隻靴子正好合妳的腳……」

「我有大腳症候群！」女孩大喊道。「這靴子我絕對穿不下！」

「咕嚕！把她放在工作臺上！」

助理隨即將女孩丟在工作臺上。

「噢！我的屁股！」鬧鬧喊道。

「嘶嘶嘶！」咕嚕頭上那隻貓吃吃竊笑。

「我也有小腳症候群！所以萬一穿得下……」

女孩話還沒說完，疑學博士就輕而易舉地將她的腳套進靴子裡！

「妳是灰姑娘耶！」疑學博士道。「完美吻合！恭喜啦！妳是要去舞會呢？還是去留校察看？」

「不不不！」她哀求道。「不要留校察看，什麼都好，就是不要留校察看！」

「咕嚕，麻煩你戴上催眠眼鏡！」

「哦！」咕嚕說道。他把手伸進實驗室服的口袋裡，掏出眼鏡，然後轉動了一下眼鏡旁邊的刻度表，鏡片上的螺紋開始旋轉、旋轉、再旋轉。

鬧鬧被催眠了，她情不自禁地盯著正在旋轉的螺紋。

嗡嗡嗡嗡嗡嗡！

令鬧鬧驚恐的是，

嗡嗡嗡嗡嗡嗡！

她感覺得到自己被

殭屍化

了……

第三部
怪物大軍

35

鼻屎人

接下來鬧鬧只知道自己被綁在祕密洞穴深處的一張輪椅上。她的頭很痛，是那種睡了好幾個小時後清醒的頭痛。現在可能已經晚上了，因為空氣裡的寒氣很重。

可是當你在很深的地底下時，其實根本分辨不出現在是白天還是黑夜。鬧鬧的感覺很奇怪，不管她有多想移動或多想哭喊，都沒有辦法。

就好像她是在水底下。她被徹底**殭屍化**了。

她往上看，發現那些排成半圓形的玻璃缸都被破舊的天鵝絨布蓋住了。

但是有可怕的聲響正從布幕後方傳來。那裡面一定有……更多怪物。

她往下看，發現還有另一個可憐的受害者被綁在金屬桌上。

是蚯老大！

園丁動也不動地躺著。邪惡的疑學博士和咕嚕也把他**殭屍化**了。

自然科學老師正在她的珍奇收藏品櫃那裡搜索。「嗯～我在想我們需要一些特別的東西來處理這個礙事的園丁。咕嚕，請問你有什麼建議？」

「**哦！**」她的助理回答，隨即把手指插進鼻孔裡揉搓，直到搓出一塊你所能見過最大最綠又最黏的鼻屎。

噗！

魔神仔的獨眼幸災樂禍地亮了起來。

「喵！」

「好噁心哦！」疑學博士結論道。「不過我喜歡！我們可以稱這頭怪物是**鼻屎人！**」

咕嚕把他的鼻屎當成珍貴的鑽石遞給他的老板。疑學博士用那雙厚厚的黑色手套接了過來，小心翼翼地將鼻屎放進**怪物合成機**裡。

如果鬧鬧不趕快做點什麼，她的朋友蚯老大就要變成……

鼻屎人了！

親愛的讀者，我是不知道你的想法是什麼啦，不過變成一個巨無霸的鼻屎，實在是**一點都不有趣**。

首先你會變得很綠！

比很綠還要慘的是，你會很黏！

而比很黏更慘的是，你會很臭！

至於比很綠、很黏、和很臭還要更加慘的唯一可能就是……被稱為**鼻屎人**！

看見蚯老大身陷危險，突然使鬧鬧的能量爆發了開來。就好像是她為了壓制住催眠眼鏡的催眠效果而使得體內突然開戰了。她集結出所有力氣，好不容易終於能放聲大喊：

「住手！」

疑學博士、咕嚕、和魔神仔都被這突如其來的干擾給嚇了一跳，他們回頭張望。

「哦，睡美人終於醒了！」疑學博士輕笑說道。

「拜託你們！放過他！」鬧鬧喊道。

「孩子，有點耐心嘛！」疑學博士嘶聲道。「馬上就輪到妳了。」

「妳不能這樣做！」

「為什麼不能？」

「因為我已經把所有事情都告訴妳媽了，也就是疑學教授！她會來教訓妳的！」

結果這三個壞蛋發出史上最邪惡的笑聲。

「哈！哈！哈！哈！」

「哦！哦！哦！」

「嘶！嘶！嘶！」

「咕嚕！請你去把我媽媽拿過來！」疑學博士下令道。

「哦！」

咕嚕點點頭，走到洞穴一處角落，打開櫃子的門，結果……令鬧鬧驚恐的是……教授竟然在裡面。

校長的手臂、腿和頭八成都曾脫落過再被重新組裝回去，因為它們全都裝錯了位置。她一定是機器人！她的頭被裝在應該是裝腿的地方，而手臂則被裝在應該是頭的地方。

「掰了！
掰了！
掰了！」教授不斷重複地說。

魔神仔聽得很煩，火大地用牠唯一的腳爪賞了對方一巴掌。

框啷！

教授頓時瓦解，金屬零件散落一地。

框啷！乓哩！乓啷！

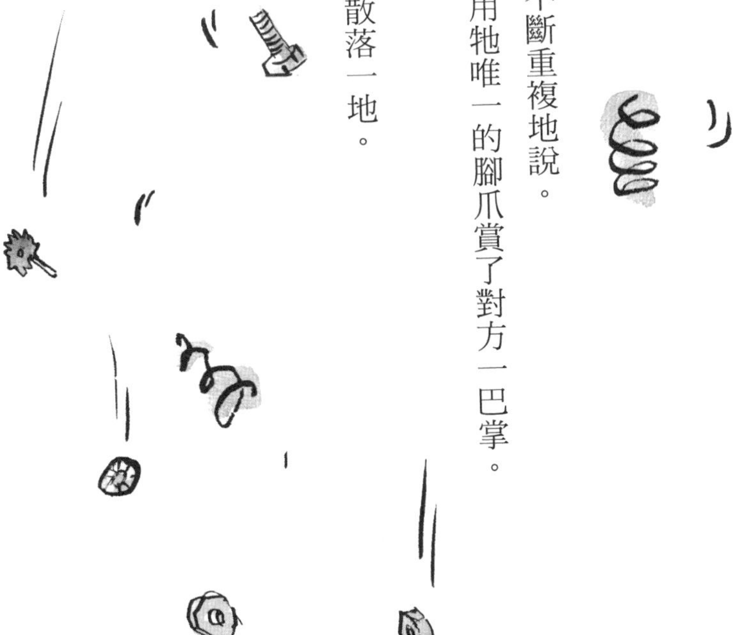

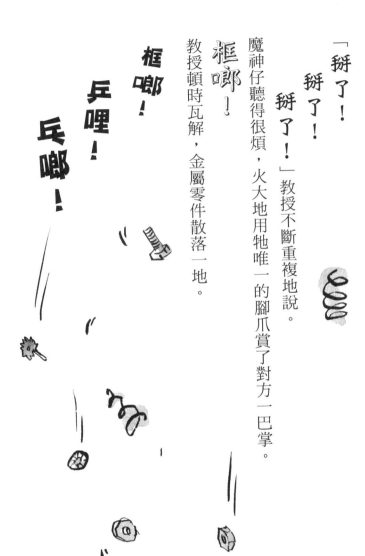

36

發條人

「妳對教授做了什麼？」鬧鬧質問道。

「我媽對我只有滿滿的愛，但我向來恨她。」疑學博士說道。

「為什麼？」

「我總是覺得我比不上她。她已經爬到教授的位置，而那是我怎麼樣也達不到的目標。我只能永遠當個窮酸的博士。妳能想像一輩子被人稱為疑學博士的感覺嗎？」

鬧鬧突然有了活力，這可是笑話家所夢想的機會啊！

「醫學博士哦！**醫生！醫生！**我一直覺得我是條狗！那你先找個位置坐下！我不能坐下……他們不准我上沙發！**醫生！醫生！**我兒子吞了我的原子筆……我該怎麼辦？在我抵達之前，先使用鉛筆吧。**醫生！醫**

生！我覺得我是電話！先把這些藥吃了，如果沒效，再打電話給我！」

「夠了！」疑學博士大聲喊道。

「這種笑話我可以講一整天耶！」

「咕嚕，戴上催眠眼鏡！」

助理把手伸進外套口袋裡。

「不要！不要！」鬧鬧抗議道。「我不說笑話了！至少暫時不說了。可是妳能不能告訴我，為什麼妳媽媽是個機器人？」

「我正要告訴妳呢。我年輕的時候，因為自行做了一些很特殊的實驗而被理學院開除了。我會趁三更半夜的時候在各種生物身上做實驗。於是我媽給了我最後一次機會，讓我來殘酷學校當自然科學老師。可是當她發現我在這裡拿小孩當實驗品時，她嚇壞了。她說我必須立刻離開這座島，所以我沒得選擇。」

「沒得選擇？那妳做了什麼？」鬧鬧慌張地問道。

「我就戴上催眠眼鏡，催眠了我媽，讓她變得恍恍惚惚，然後在咕嚕的幫忙下，把她從臥房扛到古堡的屋頂。」

「妳不要告訴我妳是打算……」鬧鬧倒抽口氣。

「我們把我媽放進加農炮裡，然後咕嚕點燃引信，**轟隆**一聲！她就被射入夜空了。」

「天啊！她最後怎麼了？」

「就我所知，我媽就進入太空軌道啦。她對外太空向來很著迷。所以我認為她是得償所願！」

咕嚕微笑附和，金屬牙隨之閃爍。

「這太嚇人了！」鬧鬧大聲說道。

「我倒覺得很迷人！不過有個問題。」

「妳覺得良心不安？」鬧鬧揣測道。

疑學博士的表情看起來對這說法有點不解。「不不不！我不會良心不安，一點也不會。」

「那還真令人安慰啊！」

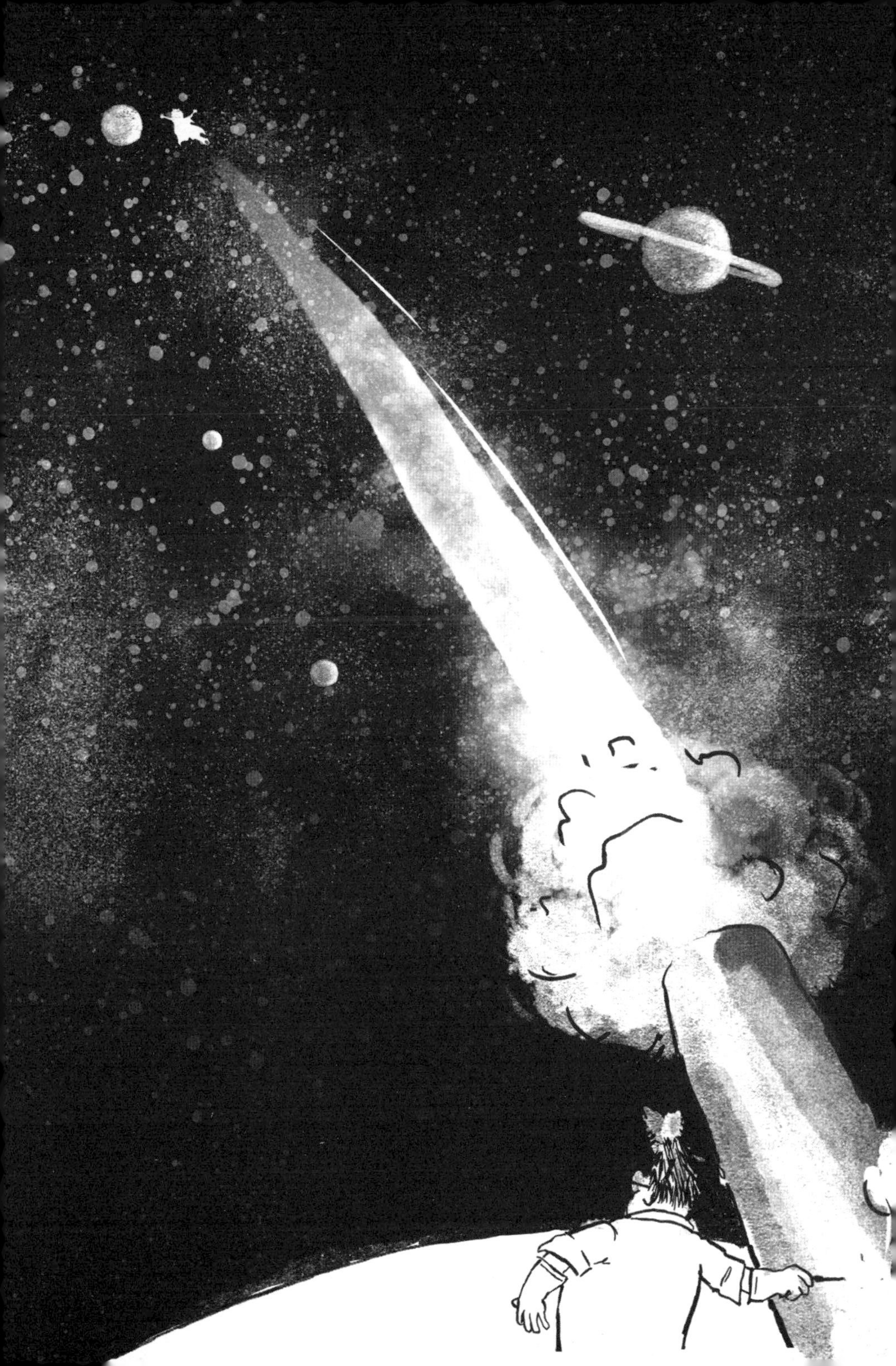

「問題是我要怎麼跟別人解釋我媽不見了？畢竟她是殘酷學校的校長。所以我就使出我小時候做發條玩具的本領……」

「就像妳實驗教室裡的那些動物發條玩具！」

「沒錯！我創造出一個我媽媽的發條機器人，我稱它為發條人！」

「發條人？」

「很天才吧？金屬骨架外面套上蠟製皮膚，再穿上她的衣服，就成了一具會動的蠟像。我發現員工和學生一開始還蠻好騙的，直到她的零件開始脫落。所以我就把我媽這具發條人藏在抽屜裡。沒多久，我的發條人技術日趨完美，於是我的野心更大了！」

「野心？」

「因為還是有人常常提出疑問。所以只要殘酷學校裡有誰阻礙到我，就會遭到同樣命運。轟隆隆！把他們送上太空軌道！」

「所以這裡的所有員工都是機器人！」鬧鬧大聲說道。

「是發條人！終於有人搞懂了！」

「難怪我老是聽到**滴答**聲！」女孩說道。「可是為什麼胡亂數老師有一隻金屬手和一隻金屬腳？」

「我交給咕嚕處理他的手指和腳趾，結果它算錯了。」

咕嚕附和道。

「**哦！**」

「但為什麼要把每個人都變成**發條人**？」

「**發條人**會照我的吩咐做事。有了他們，我就可以完全控制**殘酷學校**了！」

「你為什麼想控制**殘酷學校**？」

「我媽的夢想是讓被送來這裡上課的孩子有一天可以學乖，回到原來的學校和家庭。哦～這理想好棒棒哦！二十年前我來這裡當自然科學老師時，我就發現這座偏遠的火山島非常適合用來執行我的暗黑實驗，不會再有外人指指點點。於是我就在這裡發明了我的代表作……**怪物合成機！**咕嚕，請把布幕拉開！」

助理站到第一個玻璃缸那裡，準備正式揭曉。它自豪地咧開嘴笑，露出整排金屬牙。

「我一直在期待這一刻！」疑學博士大聲宣布。

「準備要被驚嚇了嗎？」

37

怪物、怪物、更多的怪物

「請看我的天才創作！」疑學博士大聲宣布。

「首先是一無是處的鄂楞子，誠如妳在半夜的冒險活動裡就已經發現了……鄂楞子已經變成……」

咕嚕掀開第一塊布幕。

「**鼻涕蟲怪！**」

這條巨無霸**鼻涕蟲**的底部黏住玻璃，不斷往上爬。整個玻璃缸裡都沾滿它的黏液。

「還有廖耙仔，當然妳之前就看過他飛進天空了，所以妳覺得會有什麼結果呢……」

咕嚕掀開第二塊布幕。

「隕石人！」

玻璃缸裡的怪物不斷發出灼人的紅光和金光，它的火焰染黑了玻璃。

「不過我也創造出一些新的怪物。就跟妳一樣，傻妞也被**留校察看**了，於是她跟一根恐龍骨頭一起被放進**怪物合成機**裡，結果就變成了……」

布幕瞬間掀開。

「恐龍女孩！」

鬧鬧看到這頭新的怪物時，簡直嚇壞了。

玻璃缸裡是一個半女孩半恐龍的生物，它的頭長了一根很大的角，正不停地用角撞著玻璃。

砰砰！

乓乓！

咚咚！

「腥哥也有同樣的命運！」疑學博士繼續說道，「我幫他挑了一根鯊魚牙齒放進**怪物合成機**裡，現在的它將永遠被稱為……」

就在這時，咕嚕適時拉掉布幕。他的掀開布幕的動作一次比一次誇張，顯然對這個角色很樂在其中。

「鯊魚男孩！」

玻璃缸裡沒有水，但是這頭半男孩、半鯊魚的怪物正在空氣裡游泳，用可怕的下顎不停空咬。

喀吧！喀吧！喀吧！

鬧鬧從她的輪椅上滑下來，盡可能地遠離那頭怪物。

「我說鬧鬧，」疑學博士說道，「妳知道什麼是阿米巴變形蟲嗎？」

「不知道。」

這位老師嘆口氣。「我就知道妳根本不專心上自然科學課。阿米巴是一種單細胞有機體，可以靠分裂成兩半來自我繁殖。」

「聽起來很無聊。」女孩評論道。

「好吧，阿米巴是有點無聊……沒什麼好聊的……但如果布好惹跟一隻阿米巴變形蟲一起被放進**怪物合成機**裡，就會變成……」

布幕應聲拉下，這一次剛好掉在咕嚕頭上。

「原子阿米巴！」

玻璃缸裡有鬧鬧從未見過的奇怪畫面。玻璃後面是一個像倉鼠那麼小的布好惹，它竟然分裂成兩個，然後那兩個布好惹又各自分裂成兩個。現在已經有四個布好惹了！然後是八個！再來是十六個！最後竟就不計其數了！

「最後而且是最重要的一個，」疑學博士說道，「就是那個吵死人的女孩麥喇叭。我已經把她變成一個不管怎樣都發不出聲音的生物了。」

咕嚕打算去拉最後一塊布幕。

「還沒啦！」疑學博士大吼。「你別毀了這個意外的驚喜！」

「哦！」咕嚕咕嚕道。

魔神仔順道用牠的爪子狠敲咕嚕的頭。

啪！

「所以麥喇叭變成的怪物是……」

咕嚕站在那裡動也不動。

「喔拜託！就是現在！」

「哦！」

布簾立刻被拉掉，露出裡面的……

「巨無霸水母！」

麥喇叭成了一個半女孩半水母的巨無霸怪物。玻璃缸裡面的她看起來好像充滿了氣，全身發紫。

這個怪物正在上上下下地一張一縮，企圖逃走。

「妳對這些小孩做的事情實在太過分了！」鬧鬧慌張地說道。

「謝謝妳，」疑學博士回答，一臉自豪的模樣。「不過這還沒完呢。現在我身邊有了這些怪物，我就擁有妳無法想像的力量了。再過不久，來**殘酷學校**就讀的所有小孩都會被變成怪物。然後我就可以帶著我的**怪物合成機**離開，把全世界的小孩都變成怪物！」

「但我還是不懂，妳做這件事情的原因是什麼？」

「因為我恨小孩！」她吼道。

「恨這個字眼太強烈了吧。」鬧鬧回答。

「討厭！鄙視！厭惡！唾棄！不屑一顧！藐視！」

「夠了！夠了！我想我大概懂了。妳不太喜歡小孩……」

「所有小孩都是**噁心**的小禽獸，應該永遠受到折磨！」

「連我也一樣嗎？」女孩問道。

「尤其是妳！」

「但是疑學博士，妳別忘了妳也曾經是個小孩啊。」鬧鬧溫和地說道，希望能喚醒這位女士的良知。

可惜這人沒有良知。

「沒錯，我以前就是個很討人厭的小畜牲。總是對其他小孩、動物和老人家都很卑鄙。我應該一出生就被轟到外太空的！」

「好吧，既然妳都這麼說了，這計畫其實挺不錯的！」

疑學博士瞇起眼睛。「妳很搞笑！」

「妳不能對我們小孩做這種事！只要我們團結起來，就可以打敗妳！」

「**殘酷學校**裡的這些小無賴根本不懂什麼叫『團結』，他們只想到自己。既然我的天才發明**怪物合成機**已經成功了，這群怪物就可以當我的怪物大軍了。而妳的朋友園丁就是下一頭怪物！」

「所以虻老大是**殘酷學校**裡唯一沒有變成**發條人**的大人？」

「對，除了我之外，當然。我現在要來處理虻老大了。他是我名單上的最後一個，因為他只是一個園丁。但是他最近老是跟妳一起鬼鬼祟祟的，還發現了我驚人的計畫，所以我想他理當承受一個比**死**還要**悽慘**的命運……」

38

鼻屎的超能力

「把他變成巨無霸鼻屎？」鬧鬧問道。

「沒錯！」

「嘿，鼻屎和花椰菜有什麼不同？」

「這是笑話嗎？」

「是啊？不過妳有點毀了這個笑話。」

疑學博士嘆口氣。「我不知道，鼻屎和花椰菜有什麼不同？」

「小孩不喜歡吃花椰菜。」

「這一點也不好笑。」

「很好笑啊。」

「我要來享受把妳變成怪物的樂趣了！」自然科學老師說道，同時走到她的珍奇收藏品櫃那裡。「我說鬧鬧小姐，妳想變成什麼呢？」

疑學博士的那雙豆子眼正在掃視標籤內容。

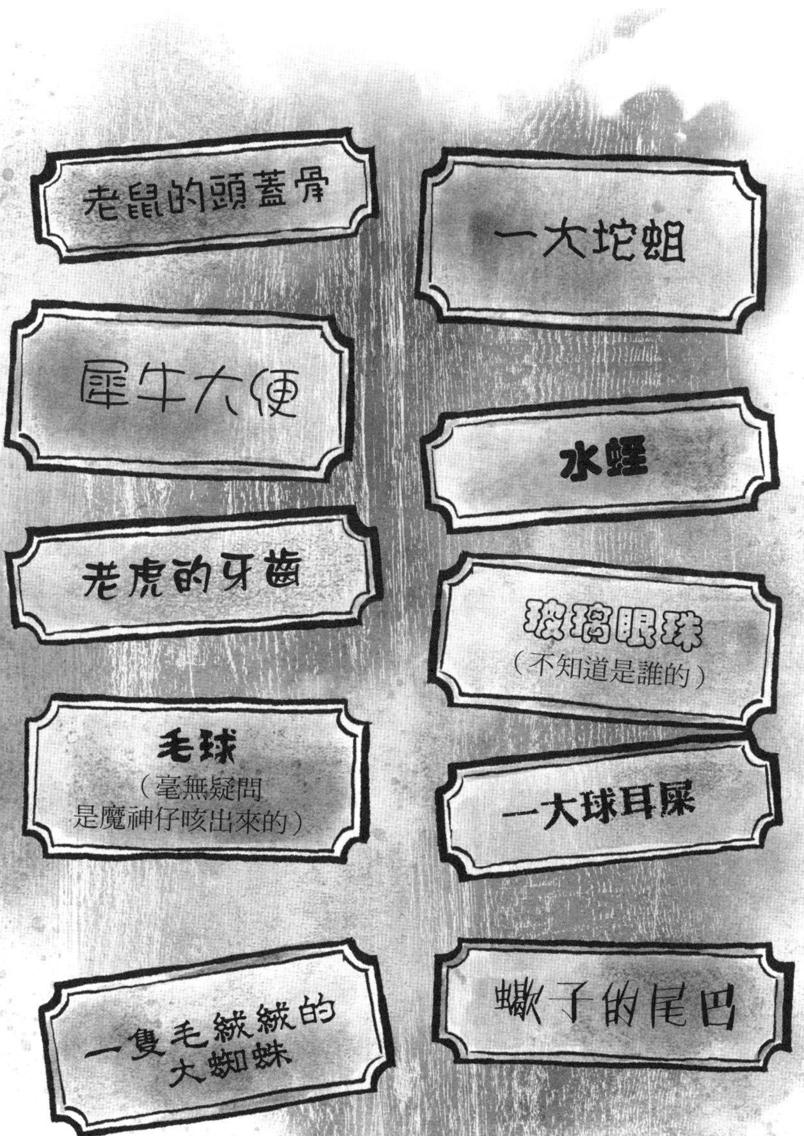

「哦！哦！哦！哦！哦！」咕嚕咕嚕道。

「咕嚕，你說得沒錯！」疑學博士回答道，她似乎很懂她的助理說的每一個字。「我們不必太超前進度，我們都還沒先處理完那個傷腦筋的園丁呢。妳的夥伴該受罰了！」

「不行！」鬧鬧大喊。

「也許妳想代替他受罰？」疑學博士問道。

女孩搖搖頭。她再怎麼喜歡虷老大，也不想被變成巨無霸鼻屎。

「可是妳到底為什麼要把他變成巨無霸鼻屎？」鬧鬧這麼問也不是沒有道理的。

「因為這樣一來，我的這頭怪物就能擁有鼻屎的超能力啦！」疑學博士大聲說道。

鬧鬧一臉不解，咕嚕也一樣，他可是鮮少露出邪惡以外的表情。

「鼻屎的超能力到底是什麼？」鬧鬧問道。

咕嚕點點頭。他也很想知道。就連魔神仔也點頭附和。

「呃，是這樣的，」博士慌張說道。她看起來好像不若平常那麼自信。

「**鼻屎人**會很黏！」

「這有什麼？」鬧鬧評論道。「膠水也很黏啊。」

「是啊，我知道膠水很黏！」疑學博士厲聲回答。「可是膠水是綠色的嗎？」

「不是。」鬧鬧回答，咕嚕也聳了個肩。

「對啊！」疑學博士輕笑道。「妳終於懂了！」

「可是綠色又怎樣？綠色又不是**超能力**！」女孩推論道。「只是全身綠而已，可是任何人都可以把自己塗成綠色啊。大家會以為他們是**巨無霸**的**綠色甘藍菜**！」

「鼻屎會很臭啊！」

「我的鼻屎不會臭！」鬧鬧回答。

「妳聞不到的，因為它們卡在妳的鼻子裡！」

「卡在鼻子裡反而更容易聞到吧！」鬧鬧大聲說道。她轉向咕嚕，扮了個鬼臉。他也跟著點頭附和。

「哦！」

魔神仔也點點頭。

「安靜！」疑學博士吼道。「咕嚕，我們一起來把這個邋遢的矮子變成一頭怪物吧！」

鬧鬧奮力想要掙脫把她跟輪椅綁在一起的那條鐵鏈，但卻徒勞無功。在此同時，那兩個邪惡的人正在展開作業。蚯老大則是自始至終都躺在金屬桌上，動也不動。

「把玻璃屋放下來！」疑學博士下令道。

咕嚕立刻拉動鐵鏈。

框啷！空隆！框啷！

當玻璃屋觸及地面的那一瞬間，現場一片寂靜。

「咕嚕，現在把岩漿的能量放出來！」

咕嚕拉動一根桿子，地板上的圓形蓋子滑了開來。

砰！

岩漿再度以紅光和金光點亮洞穴。

咕嚕把**怪物合成機**的金屬軟管放進岩漿裡。

「現在就來製造我的第一個**鼻屎人**吧！」疑學博士大聲宣布。她轉動幾個旋鈕，再按下幾個按鈕，那臺珍貴的**怪物合成機**就**轟隆隆**地活了過來。

嗡嗡嗡嗡嗡嗡！

力場的光在玻璃屋裡四處舞動。

突然間，蚯老大開始在金屬臺上不停扭動，身體裡的每個細胞一個接一個地變成……鼻屎。他的每一個部位都變得又黏、又綠、又臭。

「啊！」蚯老大放聲哭喊。

「求求你們！放過他！」鬧鬧抗議道。

「**我偏不！**」疑學博士嚷嚷。

鬧鬧的大腳趾剛好可以搆到**怪物合成機**的危險刻度盤。如今要拯救朋友的唯一辦法就是移動刻度錶上的刻度，把它轉到最大，讓它自己爆開……運氣好的話，連機器也跟著爆掉。於是她踢掉自己的靴子，伸出趾頭，轉動刻度錶，一路轉到

危險！危險！危險！

怪物合成機瞬間劇烈抖動。

滋滋滋滋滋滋滋滋滋！

火星四處噴飛，機器開始冒煙！

呼呼呼！

「發生什麼事了？」疑學博士喊道。

咕嚕跑來跑去，每個按鈕都按了，但是來不及了。

至於蚯老大，轉動刻度錶反而害他變得更慘。他成了有史以來最**巨大**、**最可怕**的怪物。**鼻屎人**輕而易舉地掙脫了那條把他綁在桌上的皮繩。

啪！

怪物坐了起來，頭顱撞穿玻璃屋的玻璃。

乒哩！

然後它一把抓起玻璃屋，砸向天花板。

乓啷！

接下來，它抬起金屬桌，朝洞穴另一邊砸過去。

框啷！

疑學博士和咕嚕表情驚駭地互看一眼。出問題了，很大的問題，比很大還要更大的問題。

鬧鬧倒吸口氣。

她心想，

完了！

我闖了什麼禍？

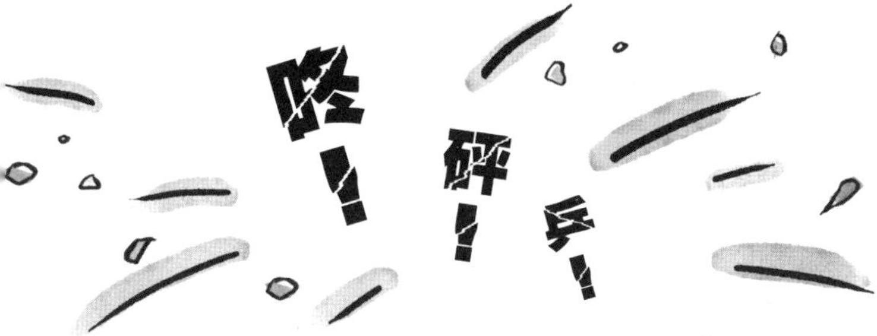

39 大禍臨頭

所有怪物都在自己的玻璃缸裡不停轉圈和蠕動。它們都看到**鼻屎人**正大步穿過洞穴，所經之處滿地瘡痍、破壞殆盡。

鬧鬧看著**鼻屎人**跺腳朝他的創造者直接走去。

疑學博士害怕地躲在咕嚕後面，咕嚕也趕緊抽身躲在她後面。然後又換她躲在他後面，然後又換成他躲在她後面，這動作沒完沒了，也愈來愈快，愈來愈快，最後就只看到兩個不停交換位置的模糊人影。

現在所有怪物都在猛力撞擊自己的玻璃缸。

啪！

所有怪物都在奮力掙脫，想要爭取自由。

鬧鬧知道這是她僅有的逃脫機會。於是她把雙腳探下地面，盡可能地快速移動輪椅。

嘿咿！

「咕嚕！攔住她！」疑學博士大喊。

魔神仔用尾巴勾住輪椅後面，將鬧鬧的輪椅猛地拉回洞穴中央。

呼咿！

這隻貓使出的力道大到輪椅瞬間翻倒，重重摔在岩地上。

空隆！

「啊！」鬧鬧痛得大叫。

但是不知道搞的，這場撞擊也扯斷了那條鐵鍊，女孩終算從輪椅掙脫。

可是她才剛爬出來，咕嚕就一把抓住她的腳踝，拎了起來，吊在半空中。

「放開我！」她大喊。她死命搖晃身體，企圖掙脫。這個舉動害笨重的咕嚕不小心往後絆倒，撞上其中一個玻璃缸。

框啷！

咕嚕把玻璃缸撞得應聲翻倒。

碰！

結果造成骨牌效應，玻璃缸一個接一個地輪番倒下。

它們一個接一個砸在洞穴地上，厚玻璃應聲碎裂！

碰！

乒啷！

乒啷！

乒啷！

所有怪物同時被釋放！

隕石人像顆致命的火球，點亮整座洞穴。

鼻涕蟲怪滑了出來，尋找下一個被害者。

原子阿米巴不斷增生。沒多久，就形成一支布好惹大軍。

巨無霸水母上上下下地縮縮張張。

恐龍女孩發出強而有力的吼叫聲。「吼！」

鯊魚男孩在洞穴不停轉圈，對著空氣空咬。

喀吧！喀吧！喀吧！

而在此同時，**鼻屎人**正鼻子對著疑學博士大眼瞪小眼。

「不要！不要！**鼻屎人**！求求你！拜託你！不要！是我創造你的！我是你的母親！」她喊道。

鼻屎人伸出手，一把抓住疑學博士，接著也抓住咕嚕。

仍棲在咕嚕頭上的魔神仔企圖開咬**鼻屎人**，結果反而被黏住。

「喵！」它哭喊道。

咕嚕還是沒放開鬧鬧的腳踝，儘管女孩已經盡全力地想要掙脫，包括伸長手臂去搔這男的腋下。但想也知道，咕嚕連笑都沒笑。所以現在他們全都被**鼻屎人**抓住了。

「怪物們！進攻！」疑學博士喊道。「攻擊**鼻屎人**！」

恐龍女孩帶頭衝向**鼻屎人**，用它又長又尖的角將它頂到半空中。

結果疑學博士、咕嚕、魔神仔、和鬧鬧也都跟著吊在半空中。來勢洶洶的其他怪物在**恐龍女孩**的後方圍成半圓。

「天啊！」鬧鬧嘆口氣。「我今天怎麼那麼倒楣！」

40 挖一挖，舔一舔，再彈一彈

現在，關於巨無霸鼻屎，有三件事你必須記住：

它們綠綠的。

它們臭臭的。

而且最重要的是，它們黏黏的。

像**恐龍女孩**這樣的怪物是不會覺得綠綠的有什麼問題，也不在乎臭味。但是黏黏的這種事就很麻煩了。事實也證明如此。

恐龍女孩正用盡全身力氣想把**鼻屎人**甩到洞穴的另一頭。可是就像你挖出來、舔一舔，再彈掉的那種很黏的鼻屎一樣，不管怎麼彈都彈不掉，它也無法擺脫這頭怪物。

恐龍女孩不停甩動它頭上的**鼻屎人**，但它還是黏得緊緊的。

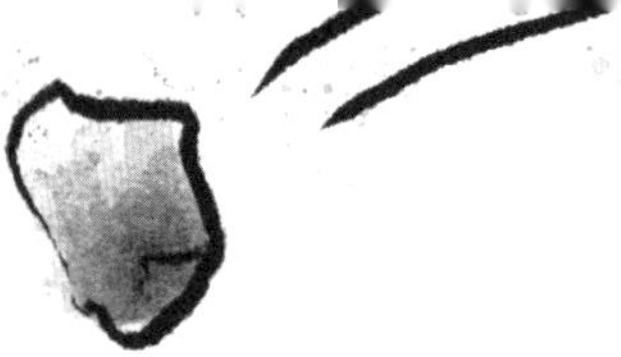

恐龍女孩繞著圈子甩了又甩，它還是像礁岩上的帽貝一樣黏得死死的。

恐龍女孩上下彈跳。整個洞穴也跟著震動。

砰！砰！砰！

不管恐龍女孩做什麼，都仍然擺脫不了**鼻屎人**。

「吼吼吼！」那頭半女孩、半恐龍的怪物沮喪地吼道。要是你沒辦法甩掉一顆巨大的鼻屎，相信你也會很沮喪。

接著恐龍女孩拿自己的角去撞洞穴的牆。

咚！

嘎吱！

結果洞穴牆壁開始崩落。

「不要撞！恐龍女孩！別撞了！」疑學博士下令道，但太遲了。

碩大的岩石朝她、咕嚕、魔神仔、和鬧鬧滾了下來。

砰！砰！砰！
落石像雪崩一樣掃進洞穴。
揚起漫天塵霧。
嘩！
現在是逃跑的大好機會。
於是鬧鬧連再見都沒說，
拔腿便跑，衝上螺旋梯，
甩上身後那扇隱形門。

碰！

41

陰影

鬧鬧不停往前跑，一路穿過古堡底下的各間地窖。她下定決心要趕在疑學博士把她變成怪物之前，逃離這座像**惡夢**一樣的島。

可是鬧鬧……終究是鬧鬧……她總覺得過意不去。

她那些還在地下洞穴的朋友怎麼辦？鄂愣子、廖耙仔、腥哥、布好惹、傻妞、麥喇叭，當然還有蚯老大！

她能想到辦法救他們嗎？

這時令她驚駭的是，她聽見身後的隱形門打開了。

咿呀——

她回頭張望，結果被一具盔甲的靴子給絆倒。

框啷！

正當她要爬起來的時候，她聽見了腳步聲。

咚！咚！咚！

地板上的她抬頭張望，結果看見渾身是灰的疑學博士正領著咕嚕和那一票怪物追在後面。鬧鬧這時只能做一件事，那就是把她的頭低下去，祈禱他們不要在黑暗中看見她。幸好，她也全身都是灰，所以可以藏身在陰影中。

鬧鬧緊閉眼睛，將自己縮成一團，這時人和怪物的腳步聲愈來愈近，聲響愈來愈大……

咚！咚！咚！

……然後才又越來越小聲。

鬧鬧終於敢睜開一隻眼睛。她看到前方那些怪物正一步步地跺腳踩著石階走上古堡的中央庭院。

鬧鬧盡量不出聲地站起來。等到確定他們都走了，她才敢輕輕地吁口氣。

「呼……」

但就在這時候，她感覺到有隻手搭在她肩上。

一隻巨大的手。

一隻綠綠的手。

一隻黏黏的手。

是**鼻屎人！**

「啊！」鬧鬧放聲尖叫。

42 黏在一起

「**鼻屎人！**快放開我！」鬧鬧哀求道。

可是怪物也把它的另一隻手按在鬧鬧的另一邊肩膀上。

「**吼！**」它咆哮道。

在鬧鬧短暫的一生當中，這還是她頭一回害怕自己就快要被一顆巨無霸鼻屎給**生吞活剝**。

「拜託你，**鼻屎人！**不要吃我，我求求你！」

鼻屎人把她抬了起來，然後張大那張可怕的綠色嘴巴。

就在那瞬間，鬧鬧確信自己有瞄到怪物眼裡閃爍著一種**似曾相識**的眼神。

「蚯老大！」她改口說道。「蚯老大！不要吃掉我！是我！你的朋友！

鬧鬧！」

這番話令怪物停下動作。

「蚯老大，拜託你，我絕對不會做任何傷害你的事！」

鼻屎人的表情**軟化**了。

「我們是一個團隊，你記得嗎？」

他點點頭。

「那就請你把我放下來！」

怪物照做了，他小心翼翼地將她放在地上。

「哦，我們還黏在一起！」鬧鬧說道。她使盡全身力氣扭動身子，但還是沒辦法擺脫這顆巨大的鼻屎，只好自行脫掉身上的羊毛衫，讓它繼續黏在**鼻屎人**的手上。

「**羊毛衫可以留給你。**不過我不確定這個

尺寸合不合你的身。」鬧鬧故意講了個俏皮話。

女孩留意到怪物臉上現出**笑容**。

「蚯老大！我就知道，你一定還在裡面！」她大聲說道，張開手臂，打算給怪物一個**擁抱**，但又突然改變主意，因為她一定又會被黏住。

「蚯老大，我需要你的幫忙，我一個人辦不到。如果我們聯手，一定可以打敗疑學博士，協助所有小孩逃離這座島。你會幫我嗎？」

怪物心裡掙扎了一會兒，最後還是答應了。「好！」

「你會說話！你現在是怪物了，所以具有怪物的能力，但是我沒有。如果我想打敗這個惡毒的壞蛋，一定得先讓自己變成某種超級英雄才行。」

鬧鬧環顧地窖。這裡有跳蚤市場會賣的各種雜物：

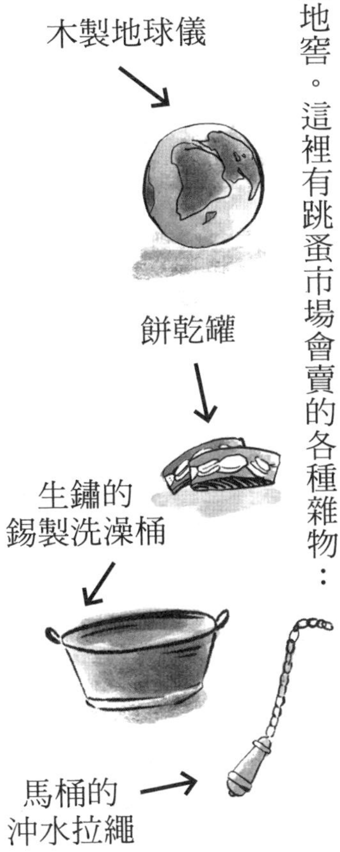

「疑學博士和她的怪物大軍要是發現我不在古堡上面，一定很快又會回來找我。」鬧鬧大聲說道。「我們先盡量找些可用的武器，再找個地方躲起來吧。」

「小屋？」**鼻屎人**提議道。

「可是它已經變成海上的碎片了，你忘了嗎？」

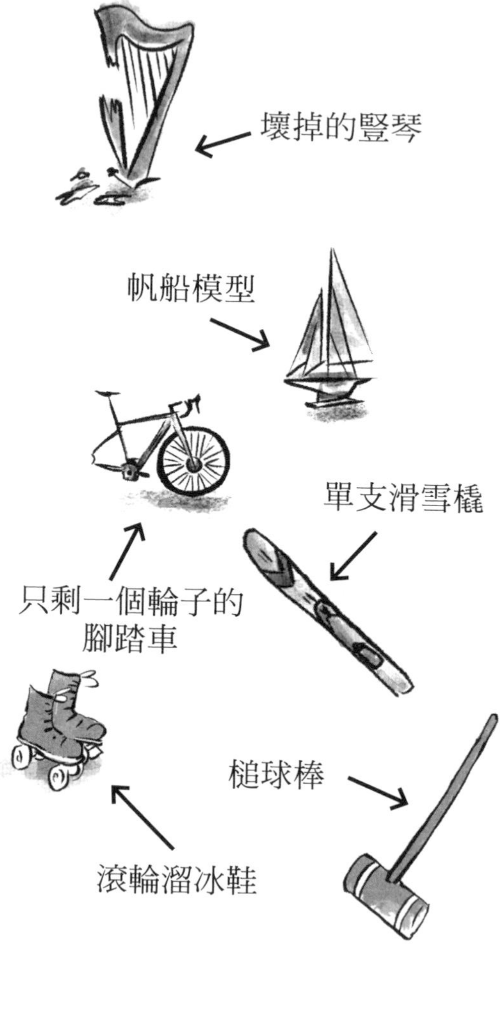

「嗯……妳的……房間？」

「那是他們第一個會去找的地方！我知道了！疑學博士的實驗教室！她絕對不會想到我竟然敢躲在那裡！你把所有能拿的東西都帶上吧！」

鼻屎人因為已經是個黏呼呼的怪物，所以可以一次拿很多東西。他們倆抱起一大堆雜物，跑上石階。

「我需要一個**響叮噹**的名稱！」女孩說道。「除了我之外，每個人都有個很**酷**的名號，這太不公平了！」

43

機關少女

於是躲在疑學博士實驗教室裡的鬧鬧和**鼻屎人**開始著手準備，打算幫鬧鬧製作一套超級英雄裝。現在已經過了午夜，學校早就放學，其他人都上床了。他們就在疑學博士的彩色玻璃下方埋首動工。

在實驗教室動工的好處是鬧鬧和**鼻屎人**有更多東西可以玩……不只是他們從地窖裡掃來的東西而已，畢竟實驗教室裡也有很多怪異和奇妙的設備。

沒多久，鬧鬧就把自己的外表打點得還算是可以可以對付怪物大軍的超級英雄……自製的超級英雄，反正也算是超級英雄啦！

鬧鬧正在為她的超級英雄裝做收尾工作，她把餅乾蓋戴在頭上，然後對著其中一座玻璃櫃上映著的自己反覆查看。

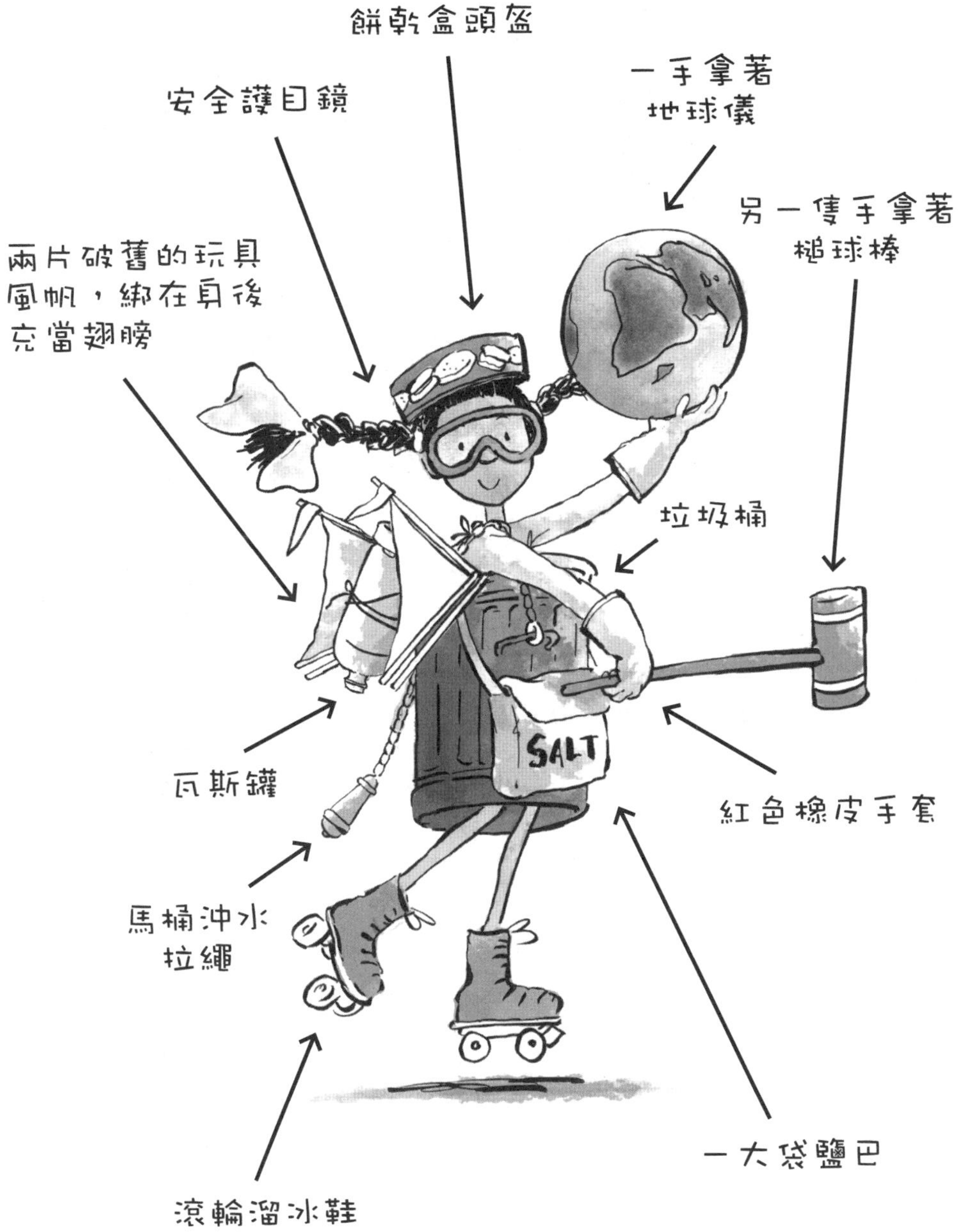
餅乾盒頭盔
安全護目鏡
一手拿著
地球儀
另一隻手拿著
槌球棒
兩片破舊的玩具
風帆，綁在身後
充當翅膀
垃圾桶
SALT
瓦斯罐
紅色橡皮手套
馬桶沖水
拉繩
一大袋鹽巴
滾輪溜冰鞋

「好了！」她大聲說道。「鼻屎人，你覺得怎麼樣？」

鼻屎人聳聳肩。從他那黏呼呼的綠色表情來看，你可以感覺得出來他覺得這女孩看上去相當蠢。

「拜託！這很酷，好嗎？滾輪溜冰鞋加上空氣罐能讓我光速移動，逃離巨無霸水母！」

「那鯊魚男孩呢？」鼻屎人問道。

「你傻了嗎？你覺得這些是做什麼用的？」鬧鬧說道，同時搖了搖從模型船上拆下來的風帆。「翅膀，是用來飛的！」

「嗯……那這是做什麼用的？」他指了指地球儀問道。

「這可以一口氣敲昏原子阿米巴的，就像滾球撞柱遊戲一樣。而這垃圾桶是用來保護我不被隕石人的火焰燙傷。還有鼻涕蟲怕什麼？」

鼻屎人用力想了很久。「沒禮貌的服務生？」

「不是！你看！」

鬧鬧秀出她那一大袋鹽巴。

「鹽巴！」怪物大聲說道。

「總算懂了！」

「為什麼你頭上要戴餅乾盒？」

「我看半人半恐龍的**恐龍女孩**要怎麼刺穿它！」她說道，還順道用力敲了敲。

框啷！

結果鬧鬧敲得有點太大力了，餅乾盒立刻凹出一個洞。

空隆！

「噢哦！這個餅乾盒厚到足以保護粉紅色的威化餅乾，所以當然也可以保護……等等哦！」

「啊？」

「請先來點製造**懸疑氣氛**的鼓聲！」

「啊？」

「保護……**機關少女**的腦袋！」

咚！咚！咚！

現場鴉雀無聲。

「怎麼樣？你喜歡我這個超級英雄的名字嗎？」

鼻屎人聳聳肩。

「這名字比**鼻屎人酷**多了吧！」鬧鬧大聲說道。

鼻屎人用他那雙黏呼呼的綠眼翻了一個白眼。

但他們還沒來得及爭辯，女孩就聽到走廊傳來**怪物大軍**的腳步聲。

「是他們！」她低聲說道。

44 準備接受毀滅吧！

咚！咚！咚！

怪物的腳步聲在疑學博士的實驗教室門前停了下來。

鬧鬧害怕地倒吸口氣。怪物們近到她都可以聞到它們的味道。

「只有一個辦法了！」她小聲說道。

「什麼辦法？」**鼻屎人**問道。

「聯手合作！」

就在這時，可怕的聲響傳來，門正受到撞擊。

鬧鬧趕緊用溜冰鞋滑到實驗教室的盡頭，並示意**鼻屎人**跟過來。

門還在被重重地撞擊。

「你有鎖門嗎？」鬧鬧低聲道。

鼻屎人搖搖頭。

她大聲喊道：「門沒鎖！」

就在那當下，那扇門和門旁邊的部分牆壁突然坍塌。

轟隆！

疑學博士和她最信任的跟班咕嚕以及想當然爾棲在他頭上的魔神仔都站在門口。這兩人聯手創造的六頭怪物也都陰森地站在他們後方。

疑學博士看見女孩的精心打扮，露出了冷笑。

「妳這是在幹什麼？」她輕聲問道。

「我是**機關少女**！」鬧鬧大聲宣布，「怕了吧？」

「一點也不怕！」

「我敢說妳一定正在偷偷發抖！如果妳想要的話，現在就可以逃走！」

這時連咕嚕、魔神仔、和所有怪物都哼地一聲哈哈大笑了起來。「呵！呵！呵！」

「嘶！嘶！嘶！」

「別說我沒給過妳機會哦，」鬧鬧說道。「現在你們全都給我聽好！**準備接受毀滅吧！**」

然後她動作誇張地猛扯連在她後背包的馬桶沖水拉繩，空氣罐瞬間噴出氣體。

噗！

機關少女正在地板上滑著溜冰鞋準備往前衝……

嘶嘶嘶！

……結果速度居然比蝸牛還慢。要是你覺得她其實連動都沒有動，也是可以理解啦。

從罐子裡洩出來的洩氣聲也很令人洩氣。

噗噗噗噗噗噗！。

聽起來就像一頭很老的大象正在放屁。

「喲齁！」**鼻屎人**說道。

「喲齁這個詞用得真好！」**機關少女**附和道。

「現在輪到你們準備接受**毀滅**了！」疑學博士大聲喊道。

「怪物們！消滅他們！」

原子阿米巴又在不斷地自我分裂，直到出現上百個阿米巴，數量多到連門口都被塞滿，根本沒有縫隙可逃。

巨無霸水母不只上下彈跳，還左右彈來跳去，它用力彈跳到連灰塵和碎屑都噴炸到牆壁。

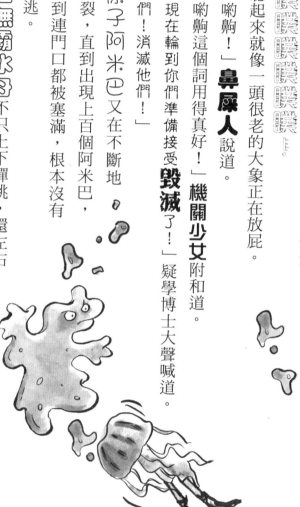

恐龍女孩發出怒吼，揚起她頭上的角。

「**吼吼吼！**」

鼻涕蟲怪開始在牆壁上滑行。

隕石人照亮了整條走廊。它渾身通紅，熱燙得好像可以燃燒掉整座古堡。

轟！

更恐怖的景象是有一條殺人魚在頭頂上方飛行自如……那是**鯊魚男孩**！

有時候面對超恐怖的危機時，最好的策略

就是……逃之夭夭！

而且要跑得很快！

盡你可能地腳底抹油……快溜！

這也正是鬧鬧在做的事。但是她八成忘了她腳下穿了一雙溜冰鞋，因為當她企圖逃跑時，她竟失速了！

咻！

「哇塞！！」她喊道，整個人直接失速撞穿疑學博士的彩色玻璃。

框啷！

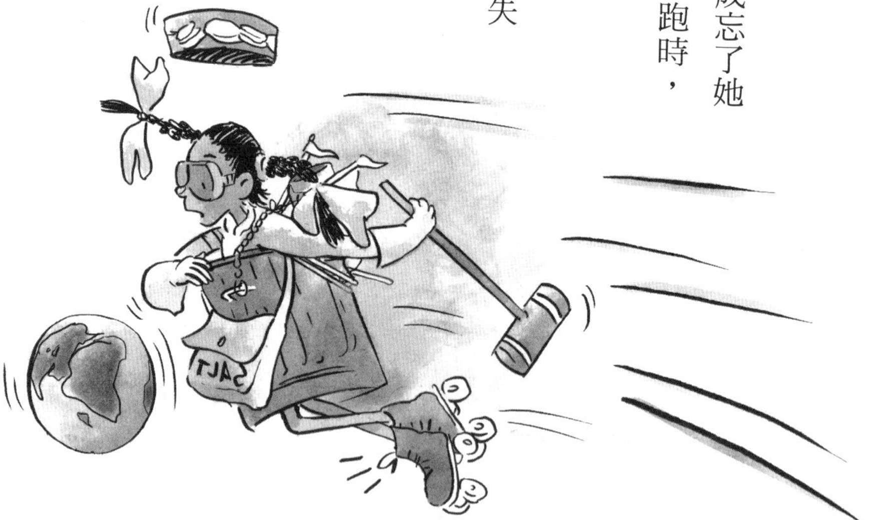

45

一決勝負

「我的玻璃窗！」疑學博士哭喊道。「怪物大軍！快去追她！」

「嘶！」魔神仔嘶聲大叫，銳利的爪子戳進咕嚕光溜溜的頭顱。

「**哦！**」咕嚕咕嚕道。這聲音聽起來的意思不是好或不好，而是痛苦的呻吟聲。

怪物大軍**爭先恐後**地想從窗戶爬出去。

鼻屎人靈機一動，跳上窗臺，像一坨巨無霸鼻涕那樣覆蓋整個窗框。

「你們得先穿過我才行！」**鼻屎人**低頭喊道，試圖做出一個**洋洋得意**的表情，如果你是**鼻屎人**，你就不會太苛求他那個表情，因為你知道他已經盡力了。

怪物們猶豫了，顯然它們都想到先前在地下洞穴裡全身上下被搞得多麼黏兮兮。

「進攻！」疑學博士大聲喊道。

魔神仔把腳爪舉在半空中，帶頭喊衝。

「嘶！」

咕嚕、魔神仔、和六頭怪物同時衝向**鼻屎人**……

噗哧噗哧！

……然後所有怪物瞬間都被纏進一大坨又綠又黏糊糊的東西裡。

它們一起跌出窗外，掉到地上。

砰咚！

鬧鬧之前就已經倒栽蔥地掉進樹籬裡，穿著溜冰鞋的腳倒插在外面。她幾乎不敢相信自己的眼睛，因為她看到六頭怪物、咕嚕、和魔神仔全都纏進巨大的鼻屎裡，就像是……

一頭超巨大的怪物！

這頭巨大的怪物用它又綠又黏糊糊的腳站了起來，居高臨下地站在女孩面前，月光下投射出又長又暗的黑影。

這時的疑學博士就站在實驗教室的窗戶上。

「看到了嗎！」

她洋洋得意地喊道。

「這就是我的**大巨怪！**」

46

結合所有怪物的大怪物

大巨怪是一頭結合所有怪物的大怪物。

它上面有三個頭。一個是鯊魚頭，另一個是**鼻屎人**的頭，還有一個是恐龍頭。鯊魚頭和恐龍頭正在不斷咆哮和空咬，顯然它們都很氣自己竟然被一顆巨無霸鼻屎黏在一起。

大巨怪的其中一隻手臂是原子阿米巴，它當然還在不斷快速增生。另一隻手臂則跟**隕石人**纏在一起，所以此刻正在熊熊燃燒，跟太陽一樣熱燙。

大巨怪的肚子卡著**鼻涕蟲怪**，它正不停扭動，企圖逃脫。

至於**鼻屎人**的雙腿，其中一條跟咕嚕纏在一起，那個膝蓋有可能就是他那顆禿頭。

如果說咕嚕看起來臉色鐵青，
那麼魔神仔就是氣到冒煙了！你絕對從來沒見過一隻這麼暴跳如雷的貓。

貓討厭的事情很多：

洗澡

大狗

除草機

煙火

被打扮得像嬰兒一樣，

再放進嬰兒車裡逛公園

很厚的雪

被餵食任何一種藥

凝結的牛奶

被摸太多次頭

其他貓

但是牠們最最討厭的莫過於被**鼻屎化**[6]。另一條又綠又黏的腿下場更是令人匪夷所思，它下面沒有腳，反而是隻水母，精確地說，是**巨無霸水母**。

「我的**大巨怪**！現在去幫我毀了這個討人厭的女孩！」疑學博士下令道。

鬧鬧企圖掙脫樹籬，但因為頭下腳上，幾乎不可能掙脫。她那兩隻穿著滾輪溜冰鞋的腳可以在樹籬上方不停**扭動**，但身體卻仍卡在樹枝裡。不管她有多想掙脫，都不可能脫得了身。

「不要動！」**鼻屎人**喊道，他企圖阻止自己和其他怪物前進。問題是，就算它們全都黏在一起，但它們並不知道如何像一個團隊一樣一起行動。它們各行其事，不停地往四面八方拉扯，對著夜空怒吼，還不斷空咬。

6 這是一個真實字眼，你可以在全世界最偉大，但定價過高的參考書**威廉大辭典**裡找到它。

大巨怪突然一個踉蹌，往前絆倒。

它摔得很重，連地面都為之震動，也順道把鬧鬧震出了她倒栽蔥的地方，噴飛到空中。

她框啷一聲仰跌在地。

框啷！

而那一身**機關少女**的穿戴令鬧鬧很難移動身軀。一時之間，她就這樣仰躺在地，不停地朝半空中揮舞著手腳，活像一隻在地上被翻過來的金龜子。

「啊！」她氣餒地大叫，

但最後還是想辦法翻過身來。但就在她爬起來之前，她感覺到自己被人從地面上抓了起來。原來原子阿米巴用它那很多隻手逮住了她。它把鬧鬧舉到半空中。正當鬧鬧從**鼻涕蟲怪**旁邊晃過時，她企圖朝它灑出一把鹽，結果不小心灑到自己的眼睛。

「噢！」

原子阿米巴將鬧鬧愈舉愈高，情勢也愈來愈危險。現在她已經跟**大巨怪**頂部的幾顆頭顱齊高了。

咕嚕！

鼻屎人在中間，兩邊分別是**鯊魚男孩**和**恐龍女孩**。可憐的鼻屎人一再被鯊魚和恐龍撞來撞去。這兩個怪物正在爭鬥，看誰先能吞掉這個女孩。

喀吧！

「**吼吼吼！**」

「快用妳的武器！」**鼻屎人**喊道。

「可是可能會傷到你！」

鼻屎人搖搖頭。「不用擔心我！」

於是鬧鬧把地球儀丟進鯊魚的嘴巴。哪怕是這樣的怪獸，也無法一口吞下這麼大一顆地球儀。就算它的牙齒跟日本武士刀一樣銳利，也無法當場咬碎。這就像有個小孩進到糖果鋪，要求給他一顆像他的頭一樣大的硬糖果。也許塞得進嘴巴裡，但絕不可能吞得下去。

正當**恐龍女孩**在嘲笑倒楣的**鯊魚男孩**時，她的頭卻被槌球棒給咚地一聲敲了下去。

咚！

恐龍女孩當場被敲昏。

「耶！」**鼻屎人**大聲叫好，他的臉就卡在

那個嘴巴被塞住的鯊魚和已經昏暈過去的恐龍中間。

「哈！哈！」一鬧鬧大笑。

但如果**機關少女**真以為自己現在佔上風，那她就大錯特錯了，因為她就要被人從下方攻擊了……

47 下面的怪獸

「啊唷！」鬧鬧痛苦大叫。原來魔神仔用尖牙戳穿她的溜冰鞋，咬住她的腳。她痛到哭出來。她的腳感覺像著了火一樣。她奮力將自己從那頭怪獸那裡盪開，結果發現竟又落入**隕石人**的手中。她本來感覺腳像著了火似的，現在是真的著火了！

轟！

「啊唷！」她又在大叫。

原子阿米巴開始甩動鬧鬧，它一圈又一圈地甩，直到她被甩成模糊的人影。

呼呼呼！

然後它突然放手！

呼咻！！。

鬧鬧就飛出去了。

她飛掠過塔樓上的可憐鵜鶘。

「嘎！」

「不好意思哦！」她大聲喊道，整個人越飛越高。

呼咻！！。

這時出現一種奇怪的感覺。鬧鬧發現自己的飛行速度慢了下來。

這表示她要掉下去了。

她開始高速下墜。

「啊！」

呼咻！

現在是真正考驗**機關少女**那一身裝束的時候了。她能飛得起來嗎？

鬧鬧打開她的自製翅膀，那是她從破舊的模型帆船上拆下來的。

呼咻！！。

瞬間，她開始在雲間滑翔。

機關少女飛起來了。

「哈！哈！」她大喊，

沁涼的微風冷卻了她那雙熱燙的腳。

「把她從空中射下來！」

疑學博士從實驗教室的窗戶那下令道。

突然間，**隕石人**朝天空

擲出多顆又紅又燙的火球。

它們**滋滋作響**地飛掠過女孩旁邊。

滋滋滋滋滋！

接著大禍臨頭了！其中一顆火球砸中

機關少女的翅膀。鬧鬧往旁邊一看，

發現火焰吞蝕了其中一片風帆。

她還沒來得及說出：「哇！挫賽了！」就發現自己正從空中盤旋下墜。

咻——

現在只剩一個翅膀，而另一個翅膀又著火，在這種情況下，鬧鬧根本不可能控制得了下墜的速度。鬧鬧以令人擔憂的速度不停下墜。她用力揮動手臂，把它們當翅膀用，但頂多只能左右方向而已。

如果她要墜落在地上變成人體果醬，那至少也得找個人作陪。那個人就是疑學博士。

所以她開始朝實驗室的窗戶飛衝下去，因為邪惡的自然科學老師正站在那裡對著她的**大巨怪**咆哮下令。

可是疑學博士察覺到那女孩的企圖，她恐懼地瞪大眼睛。「**大巨怪**！快阻止她！」她大喊道，同時從窗框上跳下來，躲進自己的教室裡。

大巨怪朝她撲了過來，企圖干擾女孩的飛行方向。

機關少女當場撞上**大巨怪**。

她撞擊的力量大到竟然使咕嚕和魔神仔當場跟**大巨怪**分了家，噴飛到空中。

呼咻！這對邪惡的搭檔首度各奔東西。獨腳貓和笨重的實驗室助理在空中翻滾。他們從古堡旁邊飛了過去，甚至飛越懸崖邊緣。眼看就要直接墜入鯊魚大批出沒的海裡，他們只能企圖讓自己飛起來。咕嚕不停拍動著那兩隻肥胖的手臂，魔神仔的尾巴像擋風玻璃的雨刷一樣拚命擺動。

啪！啪！啪！

但最後只聽到他們墜入海裡的喊叫聲。

「哦！」

「喵！」

嘩啦！嘩啦！

鬧鬧當時也被撞得很慘，身上都瘀青了，但是還活著。她瞄見地上躺著一付催眠眼鏡，心想一定是從咕嚕的實驗室外套裡掉出來的。她抓起來，塞進口袋裡。這時她感覺到有黑影朝她陰森逼近。原來是**大巨怪**。

「同學們！拜託一下好嗎？」鬧鬧懇求道。「我不是你們的敵人，我是你們的朋友！記得嗎？是我！我是鬧鬧！」

大巨怪遲疑了一會兒。

「如果我們團結起來，就可以擊敗真正的怪物……疑學博士！」她大聲說道。「鄂愣子，你跟我說過，在這間學校裡，每個學生都只想到自己。如果真的是這樣，那麼我們就一點機會也沒有了，邪惡將會戰勝良善。但是我相信如果我們懂得團結合作，力量就會很大。鄂愣子，我們要像一個團隊，不是嗎？」

鼻涕蟲怪停止動作。「你一定就在裡面……我知道你在裡面，鄂愣子！你是我在這個學校交到的第一個朋友，但絕對不是最後一個。鄂愣子，你在嗎？不要跟我說『不知道』！」

「鬧鬧？」**鼻涕蟲怪**慌張地喊道。

「沒錯，是我！你是溫柔的巨人！你來當第一個改過向善的吧！」

「不知道！」

「不行！不准說不知道！」

鼻涕蟲怪又想了一會兒。「好吧！」

「好！」鬧鬧大聲說道。「解決一個了！還有五個！廖粑仔，我知道我們一開始處得並不好，但我保證我再也不會追究你用趾甲垢果醬丟在我臉上的那件事。」

「那件事很好玩！」**隕石人**說道。

「我想應該是很好玩吧！廖粑仔，你願意加入我們嗎？」

「好吧！」

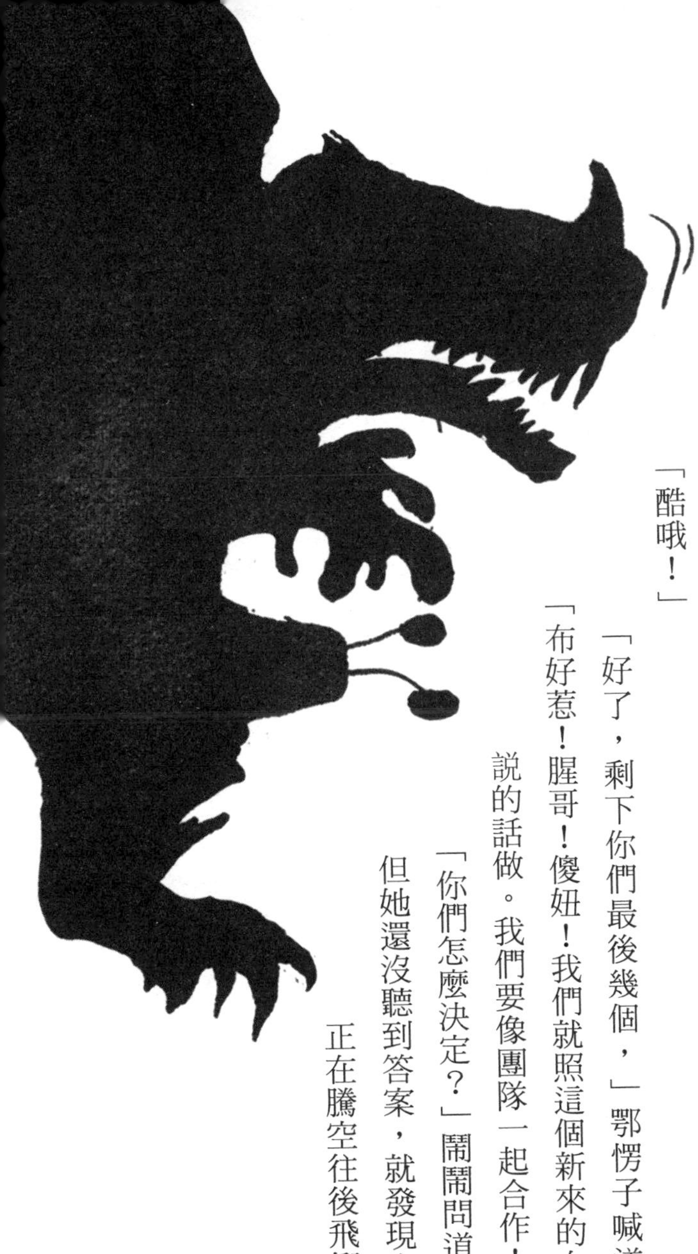

「太好了！」鬧鬧大喊道，現在她把注意力轉移到**巨無霸水母**身上。「麥喇叭，別鬧了，雖然這樣縮縮張張很好玩，但絕對比不上在學校裡當一個最愛講話的女孩，不是嗎？」

巨無霸水母上下彈跳，表示認同。

「酷哦！」

「好了，剩下你們最後幾個，」鄂愣子喊道。「布好惹！腥哥！傻妞！我們就照這個新來的女孩說的話做。我們要像團隊一起合作！」

「你們怎麼決定？」鬧鬧問道。

但她還沒聽到答案，就發現自己正在騰空往後飛衝。

她一路朝實驗教室飛衝，然後突然**框啷**一聲止住！
原來她拿來套在身上的垃圾桶直接被吸附在那具強而有力的電磁體上！
是疑學博士搞的鬼。那是她實驗教室裡最珍貴的設備。
「少賣弄聰明了，**機關少女**？」疑學博士冷笑道。
邪惡的老師彈了一下開關，將電磁體關掉。鬧鬧當場跌落地面。
砰！
「永遠再會囉！」
話才說完，疑學博士就把**機關少女**穿在身上的垃圾桶用力一推！
框啷！

鬧鬧立刻快速滾向懸崖邊緣。

框啷框啷！

她根本停不下來！她被一塊岩石反彈……

咚！

……直接飛出懸崖邊緣。

呼咻／／

「啊／／／」鬧鬧大叫！

48 命懸一線

鬧鬧勉強把指甲戳進崖邊的泥巴裡，死命地巴住不放。

機關少女的裝配很重，鬧鬧感覺得到她的手指正從崖邊鬆脫。不管她怎麼努力，都無法把自己撐上去。

就在感覺快要不行的時候，她低頭往下看。下方的大海怒濤洶湧。如果掉下去，就算沒撞上礁岩，也鐵定淹死，甚至被那些正在繞著圈子，渴望分點美味肉塊的鯊魚給吞下肚。

但是就在鬧鬧閉上眼睛，以為這就是她的生命終點時，竟感覺到手指又深戳進泥土裡，她抬頭一看，原來疑學博士**踩**住她的手。

「謝謝妳！」鬧鬧大聲說道。「妳救了我一命。」

疑學博士輕笑道：「哦，不，妳錯了。我不是在救妳，我是要妳好好品味妳**恐怖下場**之前的最後一刻。」

「妳是史上最邪惡的人！」

「非常謝謝妳的誇獎，我盡力了。妳真以為像妳這樣一個**傻不拉嘰**的小女生能阻止得了我那**絕妙**的計畫嗎？現在該是時候跟妳說……」

疑學博士從地上抬起一隻腳。

鬧鬧又滑下去了一點。「啊！」她大喊。

如今她只用一隻手撐在那裡了。但她感覺得到她的手指正一根接一根地從崖邊鬆脫。

「拜託妳！求求妳！別讓我掉下去！」

疑學博士冷笑：「再會了！」

邪惡的老師抬起另一隻腳。

鬧鬧的手指瞬間從泥巴上滑落。

唰！

然後就什麼都抓不到了。

只抓得到空氣。

鬧鬧下墜、下墜、再下墜。

呼咻！

「啊啊啊啊！」

49

蹦蹦蹦！

正當鬧鬧在空中直墜而下時，她看見鯊魚跳出水面。它們張著血盆大口，準備享受從天而降的晚餐。

女孩慌忙地想打開空氣罐！

但罐子空了！

她企圖擺動燒毀的翅膀。

但壞了！

絕望中，她只能拚命舞動手臂。

但一點用也沒有。

她只能閉上眼睛，等待最後的結局。

但結局沒有來。

反而感覺到自己掉在某種東西上。

鬧鬧睜開眼睛。

是**大巨怪**！

「怎麼會？」她慌張問道。

原來這頭生物跳了下來，躺在礁岩上，將自己伸展成一大張綠色的彈跳床。

鬧鬧正在上下彈跳，享受快樂的時光。

「耶比！」她大聲喊道。「**我們是一個團隊了！**」

「沒錯！我們是！」**大巨怪**身上的所有怪物都齊聲大喊。

這時鬧鬧抬頭張望，看見站在崖邊的疑學博士輪廓，然後隨即消失不見。

「但這一切還沒結束！」她說道。「我們走吧！」

50

討人厭的驚喜

等到他們終於爬上懸崖時，疑學博士已經不見蹤影。

「她可能藏在哪裡呢？」鬧鬧大聲地好奇問道。

大巨怪搔搔頭。

「顯然是藏在一個我們最不可能去找的地方！」鬧鬧補充道。

「祕密洞穴！」**恐龍女孩**大聲說道。

「傻妞！妳真是天才！」鬧鬧回答。

「我是嗎？」

「是啊！」

「什麼是天才？」

「意思是妳非常非常非常聰明！」

「哇！」

「我們現在就去祕密洞穴！」鬧鬧下令道。**大巨怪**緊跟在後。

他們步下古堡底下那道通往地窖的石階，很快來到隱形門前面。

當門**嘎吱作響**地打開時，女孩頓時感到一股恐懼。她不想當第一個走下螺旋梯的人。要是疑學博士真的在下面，她一定設好了陷阱。

「呃……你先請。」鬧鬧慌張地對**大巨怪**說。

「不不不！」**鼻屎人**代表所有正在低聲嘟囔的怪物開口回答。「我們堅持妳先請。」

鬧鬧默不作聲了一會兒。「我們可以一起下去嗎？」她問道。

「好吧！」**鼻屎人**說道，所有怪物也低聲附和。

「我怕黑。」

「洞穴會害我心裡發毛。」
「大家手牽著手。」
「我想要找我媽媽。」
「不要說那些蠢話！」
「我也不想啊！」
等他們抵達洞穴底部時，竟然找不到疑學博士，不過她很有可能躲在那些落石的後面。
鬧鬧離開其他怪物，走到**怪物合成機**那裡進行破壞。她手指摸著那一大坨延伸出來的電線，猛地拔掉其中一條被標示「**力場**」的電線，改插在別的插座上。這樣一來，要是疑學博士為他們準備了什麼討人厭的驚喜，那麼他們也會回敬她**討人厭的驚喜**。
在此同時，**鼻屎人**從口袋裡掏出蚯蚯。「你還好嗎，我的小小朋友？你會怕黑嗎？」他哄著牠，然後把這小東西拿到嘴邊親了一下。他兩頭都親，以免親錯地方。

鬧鬧爬上落石堆，想看看能不能找到疑學博士的藏身處，但她找不到。

於是她躡手躡腳地走到**大巨怪**所在的洞穴中央處。

「她不在這裡！」**鼻屎人**嘶聲道，「我們走吧。」

「我感覺得到這裡的邪惡……我確信她在這裡。」鬧鬧回答。

果然，玻璃屋突然**從天而降**。

喀咚！

蚯老大大驚失色，失手讓蚯蚯掉到地上，後者隨即蠕動身子逃開。

玻璃房正好罩住鬧鬧和**大巨怪**，將他們關在裡面。

「不！」

「救命啊！」

「放我們出去！」

「求求妳！」

「蚯蚯？你在哪裡？」

「有人放屁！」

「我忍不住啊！我很緊張嘛！」鬧鬧抬頭一看，瞄見一個人影很是得意地站在玻璃屋的屋頂，活像海盜登上她的海盜船似的。

「你們想我嗎？」疑學博士嬉皮笑臉地問道。

「哈！哈！哈！」

51 奇怪的現象

「妳無法逍遙法外的！」鬧鬧厲聲道。

「我已經逍遙法外了！」疑學博士回答。「不管你們做什麼，都阻止不了我。我現在只需要決定到底要把你們都變成什麼！」

她說完，就像芭蕾舞者的舞姿一樣精準地從玻璃屋的屋頂一躍而下，回到地上。被關在玻璃屋裡的**大巨怪**開始恐慌。

「快阻止她！」

「我們可以撞碎玻璃出去啊！」

「蚯蚯？蚯蚯？你在哪裡？」

「安靜！」疑學博士大吼道。「你們都被困在**力場**裡了。」

她猛拉桿子。但這次閃電不只在玻璃屋上方**劈啪舞動**，而是在整個洞穴裡劈啪舞動。

滋滋～咻！劈哩啪啦！

疑學博士留意到這個奇怪的現象，但沒理它。她相信她的**怪物合成機**是超級天才的**傑作**，絕不會令她失望。

「現在……」她開口道，而且還故意不急不徐地，因為她想盡可能地折磨他們。「我想知道，究竟要變成什麼，才是最慘的事？」

這位女士正在掃看她的珍奇收藏品櫃，查看著那些噁爛的收藏品。

「是蝌蚪？蛀牙？信天翁的大便？蛆？毛球？腋下的汗液？樹虱？耳屎？毛毛蟲？腳垢？癩蛤蟆？爛泥巴？亂七八糟的髒東西？鼻毛？斷掉的姆指？還是爛掉的甘藍菜？」

這時她注意到有東西爬在地上。那是蚯蚯……一條蚯蚓。

「啊，我找到了！一條動來動去的蚯蚓！」

「求求妳，不要去抓蚯蚯！」**鼻屎人**哭喊道。

「不要！」鬧鬧大喊道。「拜託妳不要把我們都變成蚯蚓！」

其他怪物也都在哀求。

「要還是不要呢？」疑學博士揶揄道。

「既然你們都說不要，那我就絕對要把你們全都變成蚯蚓！」

「好吧！好吧！」鬧鬧決定冒險一試地說道。「就把我們全都變成蚯蚓吧！」

「一定會很好玩！」疑學博士輕笑道。

「不！」女孩咒罵道，她氣自己竟然被對方耍了。

疑學博士把蟲放進機器裡。

「來吧，我的小討厭！」

邪惡的女士按下**怪物合成機**的按鈕。

「這將會是我迄今為止最驚世駭俗的創作！」

52

怪物合成

所有怪物都在大叫。

「不——」

「不要變成**巨無霸蚯蚓**！」

「求求妳！」

「我們死定了！」

雖然大家吵成一團，但鬧鬧卻嘶聲說道：「請你們安靜等待！」

「等什麼？」**鼻屎人**慌張地說。

「我剛才在**怪物合成機**的電線那裡動了一點手腳。」鬧鬧小聲道。

「所以呢？」

「所以你看那個**力場**，它不是籠罩在玻璃屋上面，而是**在那裡**！」

「可是……」

「噓！」鬧鬧要他安靜。

結果一如她所料，玻璃屋裡的她或**大巨怪**什麼事也沒發生，完全都沒有。但玻璃屋外的洞穴就是另外一回事了。因為疑學博士就在他們眼前活生生地變成了怪物！

「不——」變成半自然科學老師、**半巨無霸蚯蚓**的疑學博士尖聲大叫。

疑學博士的臉開始變棕而且鼓了起來，蟲形軀體也撐破了她的衣服，接著她突然絆倒，原來她的腳變成了尾巴。

而且鬧鬧和**大巨怪**的運氣還真不錯，**巨無霸蚯蚓**剛好跌在啟動玻璃屋的那根桿子上。

框啷！空隆！框啷！

玻璃屋被猛地拉上洞穴的頂端，撞上岩石。

乒、啷！

致命的玻璃碎片從天而降。

呼咻～

大巨怪及時跳開，但匆忙逃跑的鬧鬧突然失足，跌了出去。

框啷！

她就要跌到岩漿坑裡了。

「不！」她大叫。

這時像刀一樣銳利的玻璃碎片如雨點灑在她身上。

嗶～嗶～嗶～

如同馬戲團裡的飛刀表演一樣，瞬間釘住鬧鬧的衣服，令她動彈不得。

乒！砰！乓！

她被困住了，就卡在岩漿坑的上方。

巨無霸蚯蚓正朝她爬過去。怪物張大嘴巴，準備將她大口吞下。

吼！

這時**大巨怪**跳進來擋住**巨無霸蚯蚓**的去路。

砰！

「加入我吧！**大巨怪**！」**巨無霸蚯蚓**下令道。「我們不只可以統治這所學校，也將永遠統治整個世界！我們還可以把地球上每個小孩都變成怪物！」

「我不要！」**大巨怪**回答，那是所有怪物**異口同聲**的答案。

「那就準備受死吧！」

話才說完，**巨無霸蚯蚓**就撲向**大巨怪**，張嘴咬掉它的手臂。

咖滋！

隕石人瞬間跌落地板，他自由了。於是他集結全身力氣，朝**巨無霸**

蚯蚓射出熱燙的紅色火球。

呼咻！

呼咻！

怪物及時躲開，火球當場擊中怪物合成機。

機器立刻爆炸。

轟！

巨無霸蚯蚓哭嚎。「我畢生的傑作被毀了！現在你們全都得受死！」

她又撲向大巨怪，再度大咬一口，卻只落得滿嘴都是黏兮兮的鼻屎，還促成另一頭怪物掙脫桎梏，重獲自由，這一次脫身的是鯊魚男孩。

喀吧！喀吧！喀吧！喀吧！

巨無霸蚯蚓又多咬了好幾口，於是不只巨無霸水母、恐龍女孩、和鼻涕蟲怪被釋放出來，就連原子阿米巴也從鼻屎人身上脫身。

巨無霸蚯蚓胡亂擺動身子，企圖吃掉它四周的所有怪物。這時候原子阿米巴不斷增生再增生，結果怪物變得愈來愈多。

砰！砰！砰！

巨無霸水母把自己甩向巨無霸蚯蚓，使盡吃奶的力氣壓住對方的尾巴。

砰！

「噢！」巨無霸蚯蚓喉間發出痛苦的嚎叫聲。死命地甩動尾巴……

啪！

……結果把巨無霸水母甩到空中。

水母隨即撞上螺旋梯……

啪！

……螺旋梯跟著崩落，坍垮在地上。

轟！轟隆！轟隆隆！

現在沒有路可以離開祕密洞穴了！

53

狼吞虎嚥

更慘的是，鬧鬧就要被**巨無霸蚯蚓**吞下肚了。她將淪為蚯蚓的食物……而且還是火烤過的大餐，因為岩漿的熱氣正炙烤著她。而逃脫的唯一方法，就是移除掉那些令她無法動彈的玻璃碎片。但是不管她怎麼試，碎片還是動也不動。

「啊！」她一邊掙扎，一邊喊叫。

「鬧鬧，是妳發動這場革命的，現在它就要結束了！永遠結束了！」**巨無霸蚯蚓**大聲說道，同時張大嘴巴，準備來個致命的一咬。

就在這時，鬧鬧想到她還留著那副催眠眼鏡。她排除萬難地將它掏出來，戴上它，然後按了它側邊的一個按鈕。

「不准戴上去！」**巨無霸蚯蚓**大喊。「不准戴催眠眼鏡！」

在催眠眼鏡的注視下，**巨無霸蚯蚓**漸漸靜止不動。然後整個身子開始朝女孩的方向倒下來。眼看她們兩個就要雙雙跌進岩漿裡。

「救命啊！」鬧鬧大聲呼救。

就在這時，**鼻屎人**伸手黏住女孩的餅乾盒頭盔，一把將她拉開。

咻——

「不要啊！」**巨無霸蚯蚓**放聲大叫，但來不及了，怪物直接栽進火山口裡。

滋滋滋滋滋滋！

巨無霸蚯蚓慢慢被岩漿吞食，像濃稠的蛋奶凍一樣的黃色黏液從它身上滲出。

噗滋！

「**鼻屎人**，你救了我一命！」鬧鬧慌張說道。

「如果不救妳的話，那就太沒禮貌了。」他回答。

「你知道你其實可以跳進火山裡，不過只能跳一次而已！」她開玩笑說道。

「我真不敢相信，都這種時候了，妳還在講這麼爛的冷笑話！」

咕嚕！咕嚕！咕嚕！

巨無霸蚯蚓造成火山內部的爆炸反應，現在岩漿正從坑裡噴出來。

「被你說中了！」鬧鬧回答。「這笑話爛到連火山也火大了，我們得逃離這裡！而且要快！」

鼻屎人趕緊跑到爆炸的**怪物合成機**那裡，將蚯蚯救出來。

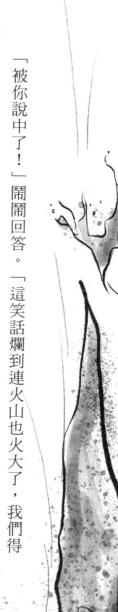

「有點燒焦了，」他說道，同時檢查他的小小朋友。「但你還活著。我們走吧！」

「梯子毀了！」**巨無霸水母**喊道。「這都是我的錯！我們不可能出得去！」

「**沒有什麼事是不可能的！**」鬧鬧大聲說道。「一定有路可以出去！」

「我有個點子。大家快跳上我的背！」**鯊魚男孩**提議道，「我們可以往上游到隱形門那裡。」

於是他們紛紛跳上去。

鯊魚男孩搖搖晃晃地起飛，往洞穴頂部游去。

呼咻！熔化的岩漿不斷朝上噴射。

轟！轟！轟！古堡是蓋在火山島上，而這座火山正在爆發！

主角們才剛鑽出隱形門，整個洞穴就炸掉了。

轟隆隆隆！

54

火山

現在是午夜，火山正在古堡底下爆發，每個學生都得逃生。

因此他們一抵達古堡的地面，鬧鬧就對這些怪物下令。

「我們必須把所有小孩都放出來，一個都不能少！快去宿舍房間救人吧！」

恐龍女孩撞開第一扇門，釋放了第一個小孩。

砰！

巨無霸鼻涕蟲也不落人後地做了同樣事情。

砰！

然後其他怪物當然也都搶著一試身手。於是不用多久，他們就撞開了每一扇門。

砰！框啷！乒哩！乒啷！

等到所有小孩都被救出來，鬧鬧就對他們大聲說道：「看到這些怪物，不必驚慌失措！我再重覆一遍：看到這些怪物，不必驚慌失措！這說來話長，但我們現在沒時間解釋，因為……請先不要恐慌……這個學校就快要被爆發的火山**摧毀了！**」

呃，如果說有什麼事可以造成大家的恐慌，那就是告訴他們不要恐慌，然後再告訴他們火山爆發了！

於是恐慌爆發。

「不要怕！」鬧鬧抬高音量蓋過他們。

但是大家都不聽。

「**吼！**」**恐龍女孩**發出怒吼。

結果瞬間噤聲。

「謝謝妳，**恐龍女孩**。各位，這位真的是傻妞！」所有小孩都不可置信地瞪著半人半恐龍的怪物。「我剛剛說過，這故事很長。現在如果要活著離開古堡，唯一的方法就是跟我走！我們必須走這個方向！」

話一說完，鬧鬧就高舉手臂，大步沿著走廊前進，遠離正在順著通道滲出來的岩漿。

可是他們才拐個彎，就遇到**殘酷學校**的所有教職員。

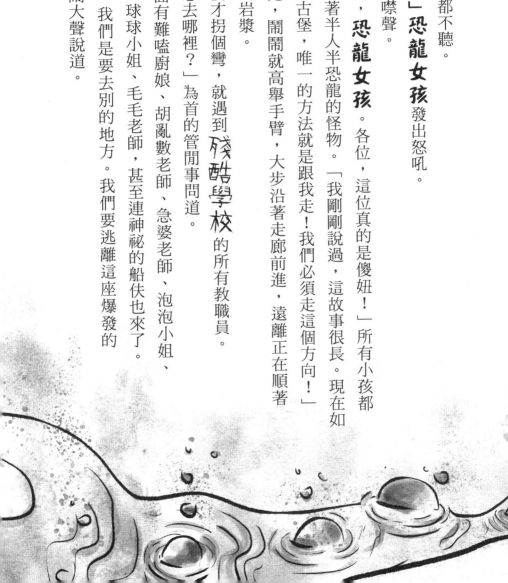

「你們想去哪裡？」為首的管閒事問道。

在他後面有難嗑廚娘、胡亂數老師、急婆老師、泡泡小姐、黑漆漆老師、球球小姐、毛毛老師，甚至連神祕的船伕也來了。

「沒錯，我們是要去別的地方。我們要逃離這座爆發的火山。」鬧鬧大聲說道。

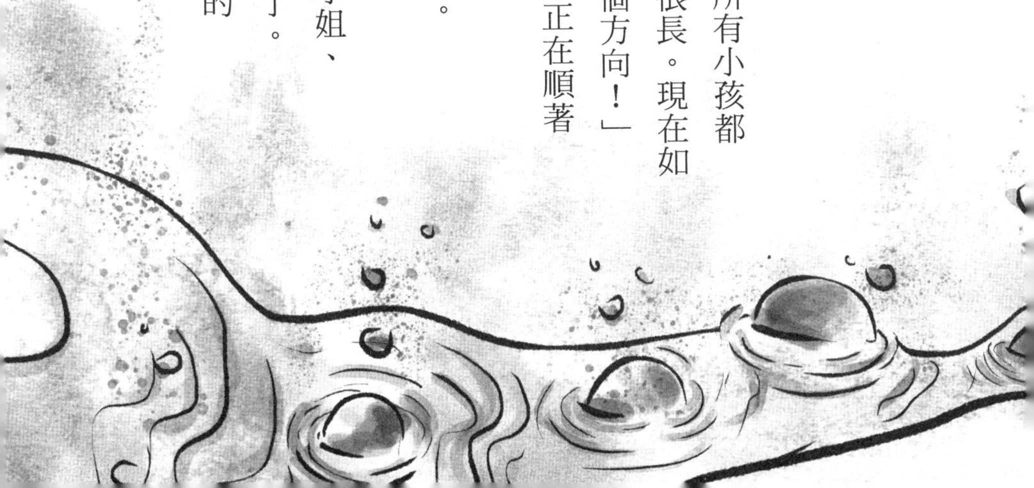

「沒有人可以逃離殘酷學校！」對方冷酷回答。

「拜託你不要這麼討人厭！」鬧鬧回答。「讓我們過去，反正你們全都只是機器人！疑學博士說你們是**發條人！**」

「**發條人！**」他們異口同聲地說道。

「我們不是！」管閒事補充道。

「你們是！」鬧鬧說道。

管閒事環顧四周，要它同事幫腔，它們也真的幫腔。

「我們不是！」

「你們是！」

「我們不是！」

「你們是！」

「我們不是！」

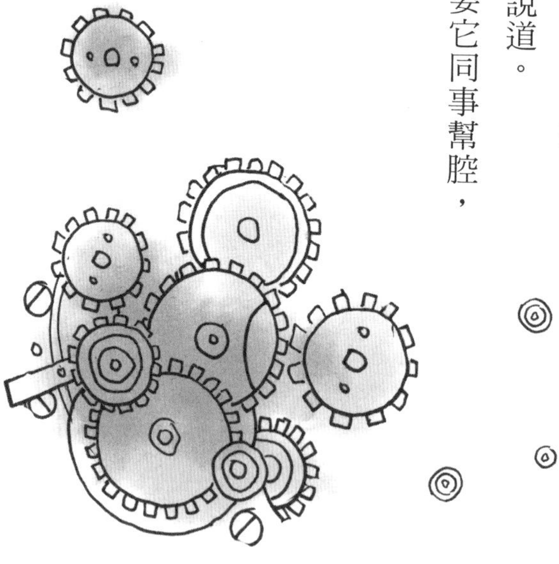

「聽著，我們沒有時間爭辯了！」鬧鬧說道。

「**掰了！**」教授突然發聲，它的頭、手臂、腿全都裝錯了地方。

「**掰了！掰了！掰了！**」

「校長絕對是**發條人**！你們看看它！」鬧鬧大聲說道。

管閒事轉過身，瞪看著疑學教授。「是啊，它是有點像發條機器人……這點我承認，但只有它是。」然後它轉過來面對鬧鬧。

「你們全都是**發條人**！」鬧鬧堅稱道。

「相信我！不然為什麼你們身上都有**滴答**聲？」

「有嗎？」

「**有啊！**」所有怪物和所有學生異口同聲地插話說道。

這時鬧鬧看見岩漿正在教職員工的後方沿著走廊漫過來。

噗滋滋滋！

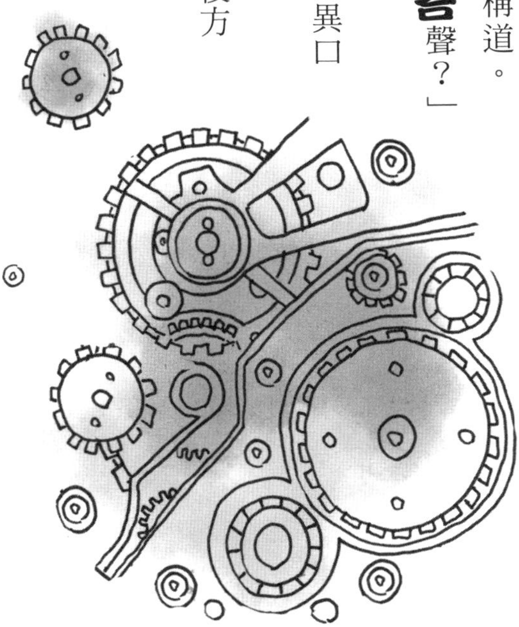

「發條人！小心後面！」鬧鬧大喊。

「我才不會中計呢！」管閒事冷哼一聲。

「不，是真的，就在你後面！」

「妳以為妳在做什麼？耍某種賤招嗎？」

這時候岩漿已經漫到發條人的背後。難怪它們感覺不到它的高溫，畢竟發條人都是金屬做的。

「走這邊！」鬧鬧大聲宣布。她的追隨者隨即自動讓出一條路，由她帶隊往另一個方向逃，遠離岩漿。

「掰了！」教授反覆說道。「掰了！掰了！掰了！」

管閒事氣餒地嘆口氣。「拜託妳安靜好嗎？老太太！」它轉身說道。

岩漿的白色熱氣這時慢慢融化了它們的蠟製皮膚。

金屬骨架跟著曝露出來。

「我？真的是發條人？」管閒事低頭看著它的金屬手臂和金屬腿。

「不會吧?!不管了！快追上去！」

55

金屬骷髏

鬧鬧帶領著所有小孩和所有怪物跑遍古堡各處，但都躲不掉岩漿、岩漿和更多的岩漿。「我們得逃到屋頂上！」她大聲說道。於是孩子們一個接一個地在她的協助下爬出高高的窗戶，登上屋頂。接下來怪物們也都爬了出去。

「女士優先！」**鼻屎人**說道。

「不不不！」鬧鬧說道。「鼻屎優先！」

她的朋友大笑，隨後爬出窗戶。

就在女孩也爬上去時，突然感覺到自己的腿不知道被誰或什麼東西抓住。

「完了！」她喊道。

她回頭查看，發現變成金屬骷髏的管閒事和其他**發條人**都爭先恐後地抓住她的腳。她甚至看到胡亂老師的金屬指頭。

這時戴在她頭上的餅乾盒再度發揮功用。鬧鬧把它摘下來，用它來敲開那些金屬手。

框啷！空隆！框啷！

岩漿現在正一路往上漫到天花板。她才剛把最後一隻金屬手敲掉，岩漿就吞食了所有**發條人**。

「不——」**發條人**齊聲哭喊，它們永遠被埋在岩漿裡了。

鬧鬧跟著其他人用跑的穿過古堡屋頂。但是底下熱燙的白色岩漿正在融化屋頂。她每跑一步，後面的屋頂就跟著融解。

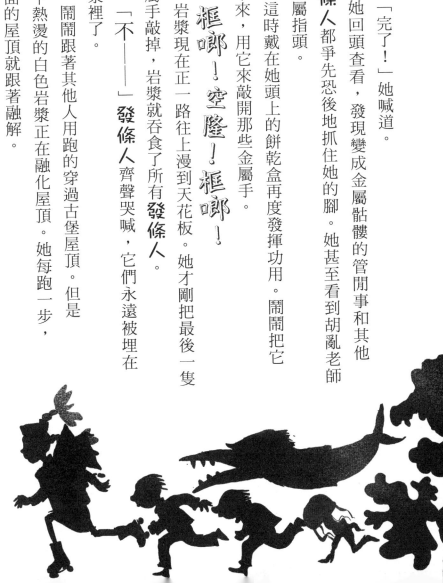

但那隻可憐的鵜鶘仍被栓在其中一座塔樓上。

「嘎！嘎！嘎！」那隻鳥感覺得到塔樓底下岩漿的熱度，於是陷入恐慌。

鬧鬧停下腳步，幫牠解開鐵鍊。她吻了吻牠的鳥喙，將牠拋到空中，口中大喊：「可憐的鳥，飛吧！快飛吧！」

但是鵜鶘沒有飛走，反而降落，撞上女孩的頭，索性棲在上面。

啪答！

她真巴不得她還戴著以前那個餅乾盒頭盔。這隻可憐的鳥八成是太久沒練習飛了。

鬧鬧繼續在屋頂上跑，屋頂也繼續在她腳下崩落。她看到前方最後一頭怪物正從古堡邊緣的排水管滑下去。

唰！

呼……

咻！

「抓緊囉！」鬧鬧在滑下排水管前對鵜鶘說道。

「這帽子不錯嘛！」**鼻屎人**說道。

「別再聊了！」鬧鬧說道。「快上船！」

所有孩子和怪物都往前衝。他們一個接一個地從懸崖邊緣滑下繩梯。前方就是學校的手划船了。

鬧鬧和鵜鶘才剛抓住繩梯，火山便突然爆發，古堡也跟著被炸掉。

他們全都擠在船上，趕緊划槳遠離崩落的石塊，島嶼隨之瓦解，沒入海底。

轟隆！轟隆！轟隆！

轉眼間，就好像做了一場惡夢似的，**殘酷學校**從此消失。古堡沒入海底深處，再也找不到了。

「哇嗚！」鬧鬧說道。「我不敢相信它就這樣不見了。」

「永遠不見了！」**鼻屎人**補充道。

「**太棒了！**」所有的小孩跟怪物都**得意洋洋**地大聲喊道。

56 墨黑的大海

孩子們划向墨黑的大海。一切都是靜止的，一切都悄聲無息。簡直太靜止了，太悄聲無息了。但危險就在不遠處。漆黑深邃的水裡，有黑影正在成形。

是鯊魚！

一群鯊魚繞著船游來游去。一開始你只看到牠們的背鰭……接著血盆大口探出水面，不停空咬。

就在小船隨波擺盪之際，又出現了另一件意料之外的恐怖事件。小船的長凳底下突然伸出一隻粗糙的手，抓住鬧鬧的腳踝。

「啊！」她放聲大叫。

「**哦**！」咕嚕咕嚕道，同時從他的藏身處爬出來。而且跟

以前一樣，那隻獨眼單腳貓……魔神仔仍棲在他那顆發亮的頭顱上。

「嘶！」魔神仔嘶聲道，隨即將尖牙戳進鬧鬧的腳踝。

「呀！」她大叫。

咕嚕爬了起來，企圖將鬧鬧推進海裡，魔神仔則用爪子朝鬧鬧的臉猛揮。

貓兒的利爪盡出，離鬧鬧的鼻子只有幾英寸之遙。

「快給我那根槳！」**鼻屎人**吼道。

他伸出又長又綠又黏的手臂，越過船身，從其中一個孩子手裡一把抓住划槳，再拉了回來，準備攻擊。

「咕嚕，接招吧！」**鼻屎人**大吼，同時揮動那根很長的木製武器。

他揮舞的力道大到當下就把咕嚕和他的邪惡朋友打進海裡。

鼻屎人趕緊把槳伸了出去。

「在這裡！快抓住！」

那隻貓撲向槳，靠單腳的力量將自己撐了上去。

但牠的主人運氣就沒那麼好了。

咕嚕企圖抓住槳，但一隻最大又最飢餓的鯊魚當場將他拖進海底。

撲通！

「哦！」咕嚕最後一次咕嚕道。

現場靜默了好一會兒，直到那隻鯊魚再度浮出水面，打了一個超大的嗝。

「嗝！」

然後嘴裡吐出一具金屬骨骸。

框啷！

牠噴飛到空中，又掉進水裡。

嘩啦！

「原來咕嚕也是發條人！」女孩大聲說道。

曾經邪惡的貓如今蜷伏在女孩的腿上，發出呼嚕聲響，彷彿牠是這世上最可愛的寵物。

「呼嚕嚕！」

鬧鬧低頭看牠。突然覺得這隻貓咪看起來可愛極了，她忍不住搓揉牠。

但鵜鶘卻有別的想法，牠拉了一坨屎在那隻貓唯一完好的獨眼上。

噗咚！

「嘶！」

57

怪物幫

沒多久，岸上的燈光映入眼簾，令人有種回到家的感覺。

「我跟我那位可怕的摳摳步老師說過，我一定可以**逃走**，」鬧鬧說道。

「只是我沒想到竟然可以帶著大家一起逃走，就連鵜鶘也**逃出來了！**」

「我們本來以為根本不可能逃離那裡。」**鼻屎人**回答。

「**沒有什麼事是不可能的！**」鬧鬧咧開嘴笑道。

「我的朋友，妳做得太棒了。妳解救了我們所有人！」

「別忘了，是我們解救了自己。」她回答。「我們辦到了……而且只有在團結合作的情況下才能辦到。」

「**嘎！**」鵜鶘發出附和的叫聲，但仍棲在她頭上。

「**團結合作！**」所有小孩和怪物都異口同聲地附和道，現在他們成了一群**快樂的夥伴**。

沒過多久，他們就都安全地回到岸上。

孩子們互相擁抱，很開心又回到這個世界。

「我想這是說再見的時候了。」**鼻屎人**說。

「一定要說再見嗎？」鬧鬧問道，手裡仍抱著魔神仔。

「什麼意思啊？」

「要是我們組成一個怪物團隊怎麼樣？我們可以幫全世界的小孩申張正義！我們可以自稱

怪物幫！」

「我加入！」**鼻屎人**說道。

「我很樂於成為怪物幫的一員。」**鯊魚男孩**補充道。

「我也是！」**恐龍女孩**也這樣說。

「還有我！」**隕石人**輕笑說道。

「我也要！」**鼻涕蟲怪**說道。

「不要忘了把我算進去！」**原子阿米巴**說道。

「還有我！」「我！」「我！」從他身上增生的阿米巴也都紛紛響應。

「喵！」**魔神仔**喵聲道。

「**嘎！**」鵜鶘也出聲要加入。

「咿！」有點被燒焦的**蚯蚯**也在**鼻屎人**口袋裡附和道。

「那就讓我們飛上藍天！」鬧鬧大聲說道，「去找第一個任務給……

怪物幫吧！」

一說完，他們就全數爬上**鯊魚男孩**身上，坐好自己的位置，然後慢慢起飛，進入夜空。

該是時候去展開**全新的冒險**了。

劇終？